晨曦中的读书人

李焕龙 著

时代出版传媒股份有限公司
安徽文艺出版社

图书在版编目（ＣＩＰ）数据

晨曦中的读书人 / 李焕龙著. -- 合肥 ： 安徽文艺出版社，2025.1

ISBN 978-7-5396-8101-6

Ⅰ．①晨… Ⅱ．①李… Ⅲ．①散文集－中国－当代 Ⅳ．①I267

中国国家版本馆 CIP 数据核字(2024)第 099978 号

晨曦中的读书人
CHENXI ZHONG DE DUSHUREN

出 版 人：姚 巍
责任编辑：胡 莉　　　　　　　　　　封面设计：李 超

....

出版发行：安徽文艺出版社　　www.awpub.com
地　　址：合肥市翡翠路 1118 号　　邮政编码：230071
营 销 部：(0551)63533889
印　　制：永清县晔盛亚胶印有限公司　(0316)6658662

....

开本：700×1000　1/16　印张：13　字数：135 千字
版次：2025 年 1 月第 1 版
印次：2025 年 1 月第 1 次印刷
定价：69.50 元

....

目录

阅 读 者

十分庆幸的是，他在退休之后的第五年，找到了自己的人生定位及兴趣爱好，成了职业阅读者。

他说自己人生的前几十年一直生活在"被安排"之中，从学校毕业时被安排到医院，进院上班后被安排到不同岗位，进入中层后被安排在不同部门、承担不同职责，当了院级领导后被安排分管不同业务、事务及政务……在整个职业生涯，即生命的青壮年期、人生的黄金期，自己几乎没有个人爱好，所谓的爱好就是一次次地承诺与践行"服从安排、听从指挥，认真学习、努力工作"，即为了热爱工作而努力去爱，为了服从安排而努力去爱。所以，在漫长的岁月里，他根本没有培养过、发现过自己的个人爱好。深层的原因，是根植于内心深处的服从意识，从没允许自己去挑什么、选什么、爱什么。只要是组织安排的，不会就踏实学，不行就刻苦干。因而，没有爱与不爱，

1

只有"干一行爱一行";没有个人好恶,只有努力干好。公家人嘛,一心为公,无心于私。

正因为如此,退休之后,当大把的时间由自己掌控时,他却发现自己没有什么打发时光的爱好,便把自己及自己的时间支配权彻底地交给老婆,你说买菜就买菜,你说领孙子就领孙子。后来,孙子、外孙都由婴儿领成学生了,他便在家赋闲。有老部下来请,有朋友的朋友来请,想聘他到某私人诊所、某私立医院去,他斩钉截铁地表示不去。女儿急了,怕他闲出毛病来,就劝他也去打个小牌、喝个小酒、泡个农家乐什么的,他摇了摇头,不置可否。儿女们观察了住宅小区的老人,发现广场舞群体中的退休干部较多,就带他去转悠。不错,熟人不少,他认为这是文明健康的行为,便全身心地投入了。几个月后,细心的女儿又去调研,一提"王文林",无人不知,无人不赞。女儿心想,父亲毕竟当了几十年的大小领导,为人处世定然是一流的。转身一想,刚才他们都说他是"好人",那他好在何处?是唱、跳,还是表现在组织领导才能方面呢?她一问,人们七嘴八舌地说了一大堆,什么去时和回时给大家背音响呀,活动时给大家搞服务呀,公益演出时自掏腰包给大家买水、买饭、买道具呀……大家说了一大串,集中起来便是一个词:热心公益。这样也好,只要喜欢,且有益身心,那就让他尽情去干吧!干到年底,儿女们回家团圆,细心的女儿问他喜欢哪些歌舞，他摇了摇头，不置可否。女儿急了，又替他当起私家侦探，满城寻寻觅觅，看有什么适合他去干的。

开年后的第二个星期六，女儿一大早就带他出发，把他领进了安康市图书馆，领进了安康人周末读书会。

这天到场的三十多人中，有十几个新人，所以主持人在开场白中特意宣传了一下图书馆、阅读会，向大家介绍说：这个读书会虽然有时间、地点、阅读方式等"十固定"，但阅读书目、参与人员不固定，即每周三确定本周六的阅读书目，然后在书友微信群及市图书馆的微信、微博、网站上公布消息，让群友、书友及广大读者依据爱好报名参加。每本书集体阅读两次，第一个周六为初读，30 分钟到 1 小时，各人选择性默读，然后轮流分享。第二个周六为精读，除了挑选几个人分享阅读体会外，还有作者的创作谈和专家的专题辅导。除了集中阅读，其余时间大家可在家、到馆阅读，两周一本书，完全可以读深读精。他一听，就脱口而出："这个形式很好！"主持人送他一个笑脸："好就多来！"当听到主持人介绍"之所以把集中阅读安排在每周六上午 9 至 11 点，是因为双休日只占用半天，不太影响大家的休息与个人、家庭事务，并且早上 9 点前多睡一会，中午 11 点后可去打牌、聚会、农家乐"，一屋人哄堂大笑，他却没笑，严肃指出："我们只说读书，不说打牌！"

这天是阅读已故教育家、作家李春义老师的《教坛随笔》。

主持人依据到场读者的年龄、职业、学历等信息，将书中的散文、杂谈和调查报告、业务论文分给不同对象，让大家默读，并依据内容分配了分享发言的关键词，即主题。当然，书的封面、封底、环衬、目录、前言、后记等"公共内容"，是每人必读的。

王文林看完了必读内容，简单翻了下书，就来找主持人问："我想换成这一篇，您看行不？"主持人问他为什么，他说这一篇是谈教风的，他只看了一段就感兴趣。主持人点头同意，他连声致谢，走了两步又转过身来，与主持人十分正式地握了个手。

到了分享环节，主持人点了一个人第一个发言，然后从其左边开始，依次发言。同时要求，每人两分钟，不超时，不脱离关键词，只讲体会不言其他。被点之人说还没准备好，请换别人，主持人不愿换，场上气氛有点僵硬。

王文林举起手来，说声"我先说"，不管主持人是否同意，就讲开了："我读了两篇，都与教风有关，从主持人指定的关键词'联系实际'出发，我有三点感悟：一是教风和医风同理，修德为上，我赞同李春义老师以德治校的方略；二是教风来自师风，师风来自师德，如同医德，以德行医方为良医，所以必须加强师德建设；三是校风好坏由学生体现，学风代表校风，所以必须加强德育工作。"他一口气讲完三条，又来一段自我介绍："我是个医生，已经退休了。为了不虚度光阴，今后就来好好读书，希望大家接纳我、帮助我！"一个鞠躬赢得满堂掌声。

主持人适时表扬，号召大家向他学习，好好把书读明白，把分享讲明白。并由王文林的语言精练、观点明晰，引出了斯大林的名言："一个语言不清的人，他的思想是糊涂的。"这天读书会结束后，人们因为斯大林而记住了王文林，因为王文林而记住了斯大林的这句名言。有位书友专门写了一篇文章，阐述了自己对这句名言的思考与感悟，文末写道："因为王文林的认真阅读、精彩表达，我将这句名言铭记于心。"

回家时，王文林借走此书，一口气读完，第三天便在微信群里发出了他的阅读体会。虽然还不算一篇合格的文章，文体意识欠缺，结构和表述还有一些问题，但他对作者立意的赞同、思想的认同是旗帜鲜明的，他对校园不正之风的痛斥、对教风日下的关注，与作者是高度吻合的。因而，不少读者在微信群中评论，认为他读懂了作品，读懂了作者。

自此之后，读书成了他生活的主旋律。每周三读书会公布周六的阅读书目后，他及时到图书馆将书借回，当别人周六才到场阅读时，他已将书读完、将读后感写好。周六到场，听了别人的分享，吸收了不同的观点与认识之后，他将书再读一遍，将体会文章重写一遍，并发到群里征求意见。第二次集中阅读时他再读、再听、再学习、再交流，便得到了提高。回家后经过再阅读、再思考、再写作，一篇成功的读书体会文章便像历经冬雪春雨的禾苗一样，迎着朝阳破土而出。

自此之后，他成了读书会的积极分子。每周六的集体读书日，他提前半小时到场，从打扫卫生、烧水沏茶等事情做起。中途，时而兼顾签到、记录，时而主动拍照、续水，哪里有缺口，他就及时补上。他见图书馆的微信、微博、网站平台是固定在每周一、三、五更新的，为了当天就能及时把读书会的消息传播出去，他学会了写新闻、做美编，经常在活动结束几十分钟后就能发出文图并茂的动态。

半年之后，读书会实行体制改革，由市图书馆运作变为自助性志愿服务组织，选举产生了由正、副会长组成的领导班子，任命了秘书处及组织、宣传、活动部工作人员。王文林全票当选副会长，他激动地说："我只是个学生，今后好好学，跟书本学，跟大家学，活到老学到老！"

上周六，阅读路遥的茅奖作品《平凡的世界》，是他主持的。看着他那淡定从容的神态、简洁精准的点评，联想到他最近在报纸上发表的书评，我在内心感慨：读书，不仅可以提升人的学识，而且可以改变人的气质。王文林在退休之后，因为找到了读书这一乐趣，便找到了自己的爱好，找准了自己的发展空间。人的一生，如果没有爱好，如同无盐之菜，便没有味道。然而，你的潜能适合什么爱好，的确需要找准。如果一时找不准、找不到，那就选择读书吧，因为这是人生的基本爱好，是打开生命乐趣之门的总钥匙。有了这个爱好，你会因为境界提升而成为另一个你。这个神奇的变化过程，不仅会让你痴迷于此，而且会让你收获更多的惊喜与神奇。

如果你不相信，就去咨询王文林吧。

老 书 迷

"方老"的"方"自然是姓方的方，但广为人知的却是"方志"的方。自 20 世纪 80 年代初开始编修地方志，他就被抽调到了安康县地方志编纂委员会办公室。后来，县改市，市改区，当单位名称改为"汉滨区方志办"时，他已退休。再后来，区上开始二轮修志，一直退而未休的老方被返聘为执行主编，成了单位的"方老"，成了区上的"优秀退休干部"。

此时，年已七旬的方琛先生，却感觉异常忙碌。因为，退休这么多年，他已过上十分规律的"三书"生活：协助本单位及政协等有关单位修志编书；为自己的文学爱好写书出书；在"安康人周末读书会"组织、参与读书活动。

为此，他只好与单位、家人和近年加入的老年大学、老干部合唱团等业余组织协调时间，甚至辞去了几个团队的职务，力保单位工作、个人写作的有效时间。但减来减去，参加读书会的时间和精力他是丝毫不愿减去的，而且还时常为此在家中加班、熬夜读书。

一个星期三，安康市图书馆的"书香安康"微信平台发出了"安康人周末读书会"本周六的阅读书目，他一看是《100个安康人的阅读故事》，内心立马就兴奋了。因为，书中收有自己的故事。上周，新书发行，他就想先睹为快，但因时间不巧，未能如愿。因此，本周集体阅读此书，自己一定要去！

唉，计划没有变化快！正这么瞅着"约读信息"在心中盘算呢，单位就来了电话，说是修志时间紧、任务重，而单位人手少、排不开，要把一本专业志分给他审阅。他本不想答应，但考虑到单位能审稿的人实在太少，无法推辞，他只好答应了。

多了个硬性任务，便得自己挤时间读书。他立即出门，从小巷抄近路，不到十分钟就奔到市图书馆。本想借一本《100个安康人的阅读故事》回家阅读，图书馆的工作人员说他是作者之一，下周在发行仪式上将给他发书，就让他提前领了一本。

吃过晚饭，与老伴一道忙完家务，他走进书房，开始读书。

一连两夜，他都熬过大半夜。老伴不解，问他忙啥，他说："我本周不能去参加周末读书会活动，但这本书我又特别喜欢，不阅读、不发言，实在过意不去。所以，我只好在家挤时间阅读，再写个书评，发去做个书面发言。"

老伴皱了下眉头，问他："你不是不当读书会的副会长了

9

吗，咋还这么上心？"

他抬起头来，十分认真地解释道："这个，跟当不当副会长没啥关系！'安康人周末读书会'组建首届班子时，我就被推选为副会长，主要原因是我有图书评论的特长，有利于分管学术工作。现在，我年事已高，力不从心，为了把年轻人推上去，我主动让贤，辞去副会长的职务，是为了让读书会发展得更好。我挂了个名誉会长的名头，那是人家尊重咱，咱也不便推辞，我理应支持他们。但热心读书事业，热爱读书这事，却与那些名头无关，这一是缘于自己的终身爱好，二是我实在热爱这个团队！"

老伴被感动了，给他续了一杯水，说声"我不打扰，你抓紧读"，就退了出来。

星期五晚上十点多钟，经过第三遍修改，一篇三千多字的图书评论终于定稿了。喝一口茶，伸一下腰，老方感觉舒服极了，他心情愉快地哼着汉剧，把稿子发给了周末读书会的会长朱焕之、阅读部长刘全平。

老伴问他高兴啥，他说："文章称心精神爽！"

老伴趁热打铁："那咱们周末到合唱团去唱两曲？"

他的笑容立即减去大半："只能现在，明天不行！我马上去取手风琴，陪你来两曲。因为，明天要给单位审稿。"

老伴想说啥，想了想，啥也没说，摇摇头，劝他少熬夜。

　　然而，老伴刚走，朱会长的电话就来了。听到口齿伶俐的朱焕之在叫了两声"方老师"之后，哼哼唧唧地口吃起来，他立即明白，要搬他出山救火了。

　　因为，此前曾有几次，由于别人临时有事，实在找不到合适的人选接手这些临时性、义务性的志愿服务工作，朱会长想请他救火，又碍于他年龄大，不好意思派活，便话到嘴边口难开。

　　他是个爽快人，容不得他人替自己着急，反而主动为朱会长解围："小朱你莫着急，有事尽管安排。我虽然家中有点小事请假了，但是，如果工作需要，我明天一定来！你放心，尽管吩咐！"

　　果然，朱焕之的单位明天要接受上级检查，他要加班，不能主持活动，但考虑到明天阅读这本书的人多，确实需要他这"老手"出山。

　　他朗声说着"没问题"，"你放心"，感动得朱会长连声称谢。

　　当他放下手机，又犯难了：明天的时间又被挤占了，审稿的事情怎么办呢？

　　唉，老办法，晚上加班吧！

　　加班到半夜两点了，他连老伴进门的声音都没听到。老伴问："还不休息，把自己当成小伙子了？"他一时没有反应过来，却吩咐老伴："天快亮时我眯一会儿，记得早点喊我起来，还要给我弄点提神的酸菜面吃。我要提前一个小时到图书馆去，好好筹办这一期读书会。"

"唉，你这老书迷！"老伴续上茶水，悄然退去。

老方看一眼左手边的志书送审稿，抚摸一下右手边的《100个安康人的阅读故事》，暗自发笑："老书迷?"哈哈，看来，这辈子只能当个"老书迷"了。人家退休了迷诗迷画、迷棋迷石，也有人迷财迷色、迷名迷利，我这一辈子呀，定然是迷不上别的什么了，就安心当这"老书迷"吧！

讲 书 人

他是我接触最早的讲书人。

他第一次给我讲书，是在我俩以记者身份、同事关系，首次下乡采访的路上。

此前，我是由乡镇调进县城的组织部干事，他是高中毕业的返乡知青。因为都是农村娃，便有共同话题，一同考进县广播站，就成了哥们儿，住一室，吃一灶，人称"同居关系"。因此，在和老编辑跟班学艺编办节目一个月后，我俩主动征得领导批准，一同到他的家乡安康县流水区去采访。

1985 年的正月二十，风大，雪大，雾气大。从大竹园火车站到正义乡政府的公路上，无车，无人，连狗都没有。我们在寒冷的风雪中行走着，却聊得热火朝天。

那天在火车上，我们各读各的书。临下车收拾东西时，我发现我只带了一本《优秀外国人物通讯选》，他却带了《中国古代文学选》《外国文学选》《新闻采访技巧》三本书。因此，一告别难走的铁轨，我就问他爱读哪些外国文学，他从高尔基说起，一口气说了俄、英、美、德、法等国九个作家的二十多部小说、诗歌、散文著作。我说我不太喜欢外国长篇小说，因为人名复杂，记不住，容易搞乱，严重影响阅读效果。他也承认这个问题，但他有他的解决办法：记住主角。

于是，他从《童年》《在人间》《我的大学》开始，讲起了高尔基的自传体小说三部曲，从而解析了自创的区别人名、地名及人物关系的方法。听了这些，我得寸进尺，提出一个很过分的要求："高尔基的成名作《母亲》我早就买了，但读了几次都没读完，你能不能给我讲下故事梗概？"

他抹了抹头上的雪水和脸上的汗水，微笑着说："《母亲》的文学地位很高，是高尔基优秀的作品之一。因为深刻地反映了 20 世纪初俄国无产阶级政党领导下波澜壮阔的群众革命斗争，第一次塑造了具有社会主义觉悟的无产阶级英雄的形象，所以受到列宁的高度称赞，成为影响世界文坛的红色经典。"

我很惊叹他的高度提炼和精准概述能力，他却谦逊地道出缘由："因为参加大学中文自学考试，这是必看、必背、必考的内容。"

关于内容提要，他讲得简明扼要："《母亲》描写了老钳工伊尔·弗拉索夫的一生以及他的儿子的变化，通过这一家的遭遇，表现了工人阶级从自发走向自觉的过程。母亲的形象在这部小说里非常重要，母亲的觉醒过程，充分表现了广大群众在党的教育下必然走上革命道路的历史趋势。"

关于主角展示，他讲得精练、精准："《母亲》的重要人物，是巴维尔的母亲尼洛夫娜。她像千百万受压迫的妇女一样，被繁重的劳动和丈夫的殴打折磨成逆来顺受、忍气吞声的人。丈夫死后，当儿子走上革命的道路时，母亲也在儿子以及他的同志们的启发、帮助下，逐渐接受革命的真理。在'沼地戈比'事件以后，母亲为了搭救儿子出狱，接受了散发传单的任务。'五一'游行时，巴维尔高举红旗走在队伍的最前列，在武装警察面前英勇不屈。这使母亲进一步懂得了真理的力量，也使她更自觉地参加革命工作。巴维尔再次被捕后，她搬到城里，和革命者住在一起，坚决担负起革命工作，完全献身给共产党。她常装扮成修女、小市民或女商贩，带着传单奔走于市镇和乡村。巴维尔在法庭上的演说及斗争，进一步提高了母亲的觉悟。"

脚步停在公路拐弯处的山坡上，望着冰冻的土地和炊烟袅袅的村庄，他长长地呼出一口热气，神情凝重地说："《母亲》的结尾，写得十分感人：母亲冒着生命危险去传送印有儿子在法庭上的演说的传单，不幸在车站被暗探围住。这时，母亲勇敢地把传单散发给车站上的群众。在被捕时，她庄严地宣称：

'真理，是用血的海洋也扑不灭的！' 每次看到这儿，我都热泪盈眶，并在泪水中看到了一个不屈、不死的母亲形象！"

他讲得真好。

自此，我们在读书这一共同爱好的基础上，又添了一个乐趣：讲书。无论讲全书、讲选段，或者是讲述其中的一人、一事，我们总是乐在其中。这样的读书分享，让我们在互补中获益：通过讲述，他读的等于我读的，他学的等于我学的，他思考、认识的相当于我也思考了、认识了。

这种一加一等于或大于二的读书方法，让我们在20世纪80年代那个物质匮乏、知识爆炸、求知欲望很高的特殊时期，读了不少书，明了不少理，知了不少事，也因此学到了不少知识，写下了不少文章，干成了不少事情。

有一次，安康日报社的副刊编辑打来电话，说我们俩就同一话题写的杂文，虽各有千秋，但毕竟论据相同，他不便取舍，让我决定用哪篇为好。我很干脆地说，不发我的。但我也没有浪费自己的稿子，把它投到《法制周报》发表了。年底，两篇稿件分别被所发报社评为年度优秀作品。在与安康日报社那位编辑共餐时，我说了两稿"撞衫"的缘由：因为他给我讲书，所讲观点产生了共鸣。于是，这个故事在安康文坛传为美谈。

几年之后，因为工作单位变动，我们不再是同事了，交流的机会自然减少了。但我们还是同行、还处同城，并有相同的爱好，所以，哪怕十年不见，一旦相聚仍会谈书、讲书，有时还会相互推介新书。

这不，后天本馆要和宣传部、团市委联合举办"我是讲书人，讲述《梁家河》"演讲大赛的决赛活动，我在拟定评委推荐名单时，头一个写的就是他：张治理，主任记者，安康市文化文物广电局党组成员，安康电视台副台长。

虽然，他因出差不能到场，但我仍向请我改稿的旬阳县领队推荐了他。我建议旬阳县领队给张台长发稿件电子版，请他在外抽时间帮助改稿。因为，他不仅有三十多年的讲书经历，而且会读、会写、会改，请他出手，凭着他对书的精深把握，定能马到成功！

那位领队高兴地说："好，要出彩，请张台！"

敬书之人

1

来到岚河书苑门口，他已是气喘吁吁，毕竟年近八旬了呀！何况，从汽车站到这儿来，步行了半个小时呢。他站在门外的台阶上，摇摇臂、晃晃腿、扭扭腰，感觉呼吸均匀了，四肢有力了，便从上衣右下方口袋中掏出读者证，到门口刷了卡，看着玻璃门自动打开，才抬脚进门。

走到西边第三个书架，瞅见了自己钟爱的一排一排的传记类图书，他便停下脚步，从上衣左下方的口袋里掏出一条毛巾。

这是一条雪白的小毛巾，宽一尺，长二尺，相当于两张 A4 纸大小。毛巾上那雪白的绒线如同雪白的兔毛，密密的，让人禁不住想抚摸一下。

他把毛巾打开，轻轻地抖了抖，便坐下身来，伸出左手，张开五指，轻轻地擦着手掌、手指。接着，又伸出右手，张开五指，轻轻地擦着每一根手指。

他擦手指十分细致，从指尖开始，旋转着擦，似乎要把每一根手指都擦得干干净净。

擦完了双手，他将毛巾叠成一个巴掌大的四方块，放进口袋里，才戴上眼镜，走到书架前，一本一本地选书。

他取书很慢，很轻。瞅准的那本书，并不直接取出，而是先将其两边的书轻轻分开，再用手指捏住所选图书的中部，一厘米一厘米地缓缓抽出。

当书到了手里，他不急于打开，而是双手捧着，先把封面、封底、书脊的内容看完，再轻轻打开，把前后勒口上的内容看完。然后，坐下来，把毛巾铺在桌子上，把图书放在毛巾上，再缓缓打开，细细地阅读前言、后记、目录。看毕，合上书本，静静地思考一会。

如果不理想，他便把这本书放下，再选另一本。

如果是理想的图书，他就打开毛巾，把书整整齐齐地包好，再从上衣右下方的口袋中掏出一只塑料袋，装入包好的图书，抱在怀里，如同抱娃一样抱回家去。

2

回到家里，他把包书的东西一层层取掉，然后在书桌上平铺一张白纸，把书放到白纸上。

他把塑料袋抖了抖，卷成了一个小圆卷，夹在书桌边第三格书架的第二、三本书之间，以便下次使用时随手取出。

他把毛巾拿到卫生间，用清水冲了下，再用洗衣粉清洗。洗净之后搭在晾衣架上，便泡了杯茶水端进书房。

他把左手、右手分别举起来，搓开五指，在玻璃镜前看了又看，证明确实干净了，他才挪开凳子，端正地站在书桌前，捧起了书。

他把图书捧在眼前二尺远的地方，细细地看着书名，感悟着书名的含义。过了一会儿，他把目光移到封面的人物照片上，静静地端详着，那微笑的神情似乎是在与主人公对话。

终于，他与主人公达成了共识，便端正地将书放在白纸上，自己端正地坐在椅子上，将眼镜戴上。然后，翻开封面，翻开扉页，翻过前言，翻过目录，翻到第一章，静静地开始阅读。

他读书，一字一字地读，且用左手的中指引导着目光，从书页上一行行划过。这动手的阅读，似乎是一种手语与文字的交流方式，有着丰富的行为语言。

你看那指头，时而匀速驶过，时而柔情抚摸，时而轻轻叩击，时而草草书写，像一个舞蹈演员一样动作多变，表情丰富。

当你仔细观察，便不难发现：他那手指，并没挨书，是在离书一厘米的上方自由舞蹈着。

3

老人名叫徐崇树，是岚皋县四季镇中学的退休教师。

他于2016年从电视上看到岚皋县图书馆的借阅业务信息后，就来办了读者证，坚持每月两三次到馆借还图书。自从岚皋县图书馆在县城正中的大桥路中段建起名为"岚河书苑"的24小时自助图书馆，他不畏往返20多公里的路途劳顿，坚持每周一次搭乘班车到馆，看半天书，借一本书。

他用毛巾包书的举动，成为传奇，传播于岚皋城乡。

然而，这对他来说却是习以为常的，是必不可少的。

他说："我们读书人，必须敬书！"

不是我们日常所讲的爱书，他说的是"敬书"！

他说："敬，是敬畏。因为书是知识的载体，是为人开启智慧的钥匙，是我们理应敬畏的贤师。只有心存敬畏，才会以恭敬之心去阅读，以感恩之心去求学。只有这样，才能从中学到知识，才能让书为人开慧启智。反之，我们要书干吗？读书

21

干啥？"

正因为这样，他每读一本书，那书就藏入了他的知识库。当你听他讲解时，那"知识"就成了他与书共同孕育的语言，没有了书上文字的枯燥，显得温情可亲。而此时，他一改日常的沉默寡言，是那样和颜悦色。只听他娓娓道来，激动时声情并茂，甚至手舞足蹈。

有人问他，为什么喜欢用雪白的毛巾包书？他从书柜里取出还没开封的一打毛巾，神情庄重地讲："我亲自到商店去选的，只选这一种。唯有纯白，方能代表我对图书的敬重！"

一个小伙子问，为什么要用毛巾包着书？他反问："人为什么要穿衣服？"

继而，他微笑着问那小伙子："如果她是你最敬爱的人，你是不是要把她打扮得漂漂亮亮？是不是要尽情尽力地敬着她、护着她？"

于是，人们理解了这位老先生的敬书之情。

选书高人

傍晚下班后，脱下警服的胡经环释放出女性天生的柔情，做出香喷喷的饭菜，让丈夫和儿子吃得满脸绽笑、满头冒汗。收拾完毕，丈夫到城关派出所加班，儿子进书房做作业，她漫步到五峰广场边的 24 小时自助图书馆给儿子选书。同时，也翻阅一下自己爱读的图书。

这是她每天身心最自由、精神最愉悦的美好时光。

从住宅小区到五峰广场，只有五百米远，看书、借书非常方便。加之是 24 小时开放、自助借还的智能化图书馆，在时间、空间上更便利了。以前到平利县图书馆去，要跨越穿城而过的月湖，往返一个多小时，很占时间。加之自己下班人家也下班，便影响了借还速度和阅读心情，常常想读书而怕跑路。为了孩子读书，她只好上网去买，可花了不少钱呀。孩子幼时，生怕他不好好读书，就用这样那样的绘本去引导，到了六七岁时，儿子的阅读兴趣总算提起来了，但购书投入着实不少，每年在书店买的、网上买的、各种培训班买的，加上亲朋好友送的，图书的总价最低都要超过五千元，以至于家里的书架，七成以上都是儿童读物。

她最初结缘图书馆，是因为亲子阅读活动。孩子所在学校和县图书馆合作，采用"小手拉大手、大手拉社会"的办法，邀请三年级以上学生的家长"走进图书馆、了解图书馆、使用图书馆"。从此，她便和众多学生家长一道，一次次地走进平利县图书馆，直到如今，孩子都上六年级了。

头一次陪孩子到图书馆，为参与活动而选书，她很费脑筋。拉着孩子的手，转了十几个书架，仍不知道选择哪本为好。

不是书不好选，而是她压根儿就不知道该选哪本书。

书有那么多类，哪类最适合孩子？每类有那么多种，该让他读哪种？

当天的讲座上，听了图书馆阅读推广专家的讲解，她获得了一条经验：儿童阅读课外图书，除了培养阅读能力，更为重要的是完善知识结构。她想了想，认为孩子的课程学习不成问题，所以教辅材料不必关注，最应当让他阅读的是三种读物：传统文化、儿童文学、红色经典。由此，她得到的最大实惠是：孩子的智商、情商明显提高，不仅在写作文时会叙述、善说理，而且在阅读分享时显露明显的正能量的价值观。

　　孩子上五年级后，课程负担重了，活动少了，到图书馆去借还图书，多数情况下由她代劳。这时，她依据孩子的兴趣与成长需求，结合与家长、馆员们的探讨和学来的知识，引导孩子重点阅读四类图书：人文地理、传统文化、中外名著、人物传记。尽管这几种书都是帮助孩子成长的，但她觉得，前三种有益于孩子的思想长厚度，后一种有利于孩子的思想长高度。把握好了这两个度，她所选的书，就能让孩子读出兴趣，读出营养。

　　慢慢地，她所选的，便是孩子想读的。阅读兴趣的高度契合，成了母子俩增进感情的黏合剂、共同成长的催化剂。

　　现在，平利县图书馆广场分馆开到了身边，她就成了每晚必到的常客。

　　遇到蔡宁馆长来巡馆，她建议：低幼儿童读物中，应当加快绘本的流通、调换频率，因为有十几个孩子，只用一周就把这里的上百册绘本翻阅完了，现在他们只能很不情愿地选择其他图书了。

　　遇到陈政副局长来调研，她建议：夜间人多时，应让有经验的馆员来做导读，因为不少中老年人在这转了半天也不知道选读什么书好，既浪费了自己时间，也影响他人阅读。

　　遇到一位中学生匆匆进入，逐个书架地盯着书脊选书，选得一脸茫然。她主动上前，问清书名、书类，立马帮他选定。

她说，自己非常喜欢在这儿翻阅，因为这既是一种速读法，也是一种优选法；既能帮助自己了解图书，又有利于精准选择图书。所以，她每次借回去阅读的书，都是孩子乐意读的、自己爱读的。

她说，爱什么，就泡什么，这是人们的生活习惯。在阅读吧里泡吧，让自己浸润于书香之中，不光是学会了选书、读书，更为重要的是学会了过文化生活，爱上了过知识生活。

今天晚上，时间稍微宽裕一些，她就在阅读吧里转了一个多小时，想多选一些书。

她给孩子选了人物传记《周恩来传》、小说《北上》、随笔《孔子如来》等11种书，给自己选了茅盾文学奖系列的《主角》等6种书，但只借了两本，孩子一本，自己一本。她说，一本一本地看了还、还了借，才符合公共图书馆的借阅逻辑。

临出门时，听到有人在议论当地作家捐赠新书的事，她马上转身，走到"地方文献"专架前，细细浏览一遍，取了一本《平利文学》。她说，让孩子阅读家乡书，了解家乡事，不仅能增长地方知识、社会知识，而且能增强爱家乡、爱祖国的意识。因为她坚信：一个不热爱家乡的人，很难成为一个爱国者！

有几本地方作家的诗集、散文集，也不错，翻一下就不想放下。但她有自己的原则：不能贪占公共资源，影响他人阅读。

在自助借还机上办完借阅手续，她从衣服口袋里掏出塑料袋，小心翼翼地把书装好，才匆匆回家。

因为，这个时间点回去，刚好孩子做完了作业，自己完成了散步和选书任务，正好安下心来，静静地阅读。

晨曦中的读书人

白河县的狮子山社区，是移了汉江边的狮子头山而建的新城。所以，从火车站到环江路的中段，便有了新城广场。

清晨，我走出宾馆，来到广场，本是为了跑步，却被环绕广场一周的阅读者给吸引住了。

他们三五个一堆、七八个一伙，围坐在一棵棵香樟树、桂花树等常青树下，或翻图书，或阅杂志，有的各自静读，有的互相探讨。

细看他们，多为中老年人，六七十岁的男性占主体，也有四五十岁的女性。看那三位穿着运动服，身边放着彩扇、提包的大嫂，八成是在等待来此跳舞的伙伴。此时，她们共同看着一本《家庭》杂志，你指一下，她说一句，似在轻声议论着什么共同关注的话题。

白河人怪得很，为啥一大早跑到这里来看书？这些书刊，又是从哪里来的呢？

只见一位满头白发的老者，左手倒提一本《秦风楚韵》杂志，右手拄着银色金属拐杖，慢慢从树下的条椅上起了身，我便上前搀扶着他，准备了解一下众人聚此读书的缘由。

他看我一眼，微笑着点头致谢。之后，转过身来，将拐杖靠在树上，伸出双手，扬起双臂，右手打开树枝间的一只铁皮箱子，左手把杂志放了进去。然后，关上铁皮箱，后退两步，伸伸臂，扭扭腰，说声"散步去了"，就向我挥手告别了。

我返回树下，打量着这只铁皮箱子：高二尺，宽一尺，厚一尺；能放国际标准开本大 16 开杂志上十本、大小不一的图书十来本；箱子装有锁；箱子的正面，印有"白河县图书馆"六个醒目的大字。

哦，这是白河县图书馆在此设置的公益书箱。

见我左右看、打开看，还取出书刊一本本细看，一位七十岁左右的大叔站起身来，从裤子口袋掏出钥匙，将书箱给锁上了。

我送上笑脸，自我介绍说我是市图书馆的，出差路过这里，住在前边那个宾馆里，清早来运动一下，却被这些读书的人给吸引住了。

老人连忙伸出双手，紧紧地握住我的手说："你们图书馆的人好呀，处处为老百姓寻方便，下苦力、使巧劲在推全民阅

29

读呀！"

从邓大叔的介绍以及老刘、老涂的补充中，我得知，广场修成十多年了，过去人们在广场中间跳舞、健身、散步，在边上的树荫下打牌、聊天、摆杂货。去年县图书馆在这儿设了小型"绿树图书馆"，慢慢让这个广场变成了书香广场，人们坐在这儿读书、看报，谈吐雅了，话题文了，广场的风气也文明起来了。

顺着邓大叔的手势，我看到，每个围有座椅的树身上，都有这样一只铁皮书箱。

邓大叔介绍："每只书箱都有一名志愿者义务管理，我就管这只，人们戏称我为邓馆长。我们义务负责箱子的开与锁、书刊的借与还以及和县图书馆联系更换书刊。"

我俩正聊着，说话风趣的老涂挤了过来："邓馆长，把县文联的那本杂志递给我，让我老人家再翻上一翻。"

邓大叔给老涂取了《秦风楚韵》，关了箱子。他甩了甩膀子，指着广场说："人老了，干不成啥事了，就到这儿来看看书、聊聊天、健健身，美哉，美矣。"

看着他伸开双臂准备练拳的样子，老涂冲他背影赞道："老有所为呀，能文能武的！"

我走上去，问老涂喜欢看哪些书，老涂举起手中的杂志说："最爱文学，尤爱本地的。"

听他说话文绉绉的，想必是个文学爱好者，便问他喜爱文学中的什么文体。这下他来了劲儿，自己率先坐下，拍了下身旁的空位示意我坐下，便一五一十地讲起了自己的阅读史：

"我过去在企业上班，要养家糊口，忙得很，就丢弃了自己的文学梦想，荒废了自己的写作爱好。退休了之后，闲下来了，我不喜欢打牌，不爱闲逛，就到图书馆去看书。看了半年，激情重燃，我便边看边写，照猫画虎地搞起了文学创作。先是写了十几首诗，投出去如泥牛入海。后又写了三四篇小说，寄出去如石沉大海。我这种人，文化低，脑子笨，学来不易呀！才这点儿东西，就写了小半年。眼看没戏了，想收手了，那天在图书馆翻农民报，看到别人写的清明节的文章不咋样，民俗知识不丰富、民间故事不生动、文字表达不精彩，我就重写了一篇。抄给馆员小刘看，小刘说美，但又说清明都过这么久了，报纸可能不会发了。几个老读者在一块议了下，认为端午节马上到了，建议我写下端午习俗。我当晚就写了七张纸，第二天，小刘说现在不兴寄手稿了，她当下坐在电脑前帮我打好，又照着报纸副刊版的邮箱发了稿，确认对方收到了我才走。没想到，第四天我的文章就被发表了，虽然只选择了'白河端午赛龙舟'那一部分，三百多字，但是，这一下子大大激发了我的写作热情、阅读欲望，把我变成了图书馆的铁粉！"

跟迎面走来的一对老夫妻打了招呼后，老涂又坐下来，取下身上挂的保温杯喝了两口水，又指着广场给我介绍："大前年春天，我搬到这儿来住，到图书馆去呀实在就不容易了！从东到西，穿越大半个城，路远不说，关键是有一面长长的上坡呀！起初，我坚持天天去，早出晚归，中午买着吃，还跟老婆子犟嘴，美其名曰健身、读书两不误！可是，走一身臭汗，身上气味难闻，自己还感冒，这就糟糕了。后来，只好变个法子：不泡馆，只借阅，每隔三五天去借还一次。可是，在家读书、写作，闲事多，干扰大，不太专心。现在好了，图书馆在狮子山社区设了分馆，在广场布了这么多的书箱，方便多了！"

老涂从自己说到别人，兴致高，事例多，听得我都忘了时间。

道别时，看着树上的书箱、树下的读者，我伸出手来点了个赞。

地处秦头楚尾的陕南边城白河，有此书香广场，便能滋养小城雅趣，便为山城营造了一道文化景观。

工地上的阅读者

一排二层楼房刚刚封顶，那平展的楼面如同刚刚架好的桥梁，水泥板一块接一块地拼着，且有水汽、灰尘冒着，还有不少木杠、铁丝、钢架之类的物品随意丢着。

一位中年男子端坐于楼面的正中。

这里，有两块剩下的水泥板没有挪走。此时，它们码在一起，正好坐人。

可是，在这烈日高照的夏日正午，你以为坐在水泥板上舒服吗？

此时，室外温度已经超过 40 摄氏度。周边那些水泥板上，泛着忽闪忽闪的亮光，光与水汽、灰尘相映时折射的光线也忽闪忽闪地泛着白花花、蓝莹莹的光影，形成了海市蜃楼似的热浪盛景。

直射的阳光如长剑、长刀，刀光剑影在他的头顶上激烈打斗。

而他，端坐在水泥板上，静静读书，静如雕像。

左边，正在建造的高楼已经22层了，塔吊还在升高。那高高的脚手架上，不时有灰尘、沙粒飘落。

右边，仿古的3层楼房也刚封顶。从洒水车顶上升起来的水管，俯身对着楼顶喷水。那水雾，随着微风缓缓飞来。

前边，一条马路的路基刚刚打好，两台碾压机相对而开，发出的碾压声尖锐、刺耳。

后边，是个小广场，就是他身下这个商场的配套项目。挖掘机在为花卉、树木、奇石、铁艺、灯饰、广告架等绿化、亮化、美化工程开渠挖坑，轰隆隆的机器声震耳欲聋。

他坐在如此杂乱的环境之中读书，读得安静、平静。

这本书，叫《人生》，不厚，不大，平装，朴素。但他见了，眼睛一亮。

这书，是工友小刘从楼下带上来的。当时，小刘沿楼梯爬上来，肩上扛着一根木头，木头下垫着一本书。

起初，他只看到是本书，但不知道是什么书。从太阳曝晒的水泥路面到楼面，扛根七八十公斤重的木头，实在难受。因而，小刘脱了上衣，裸着上身，赤膊上阵，只用一本书放在肩上，垫着木头。当走到楼面的东头，走到位了，小刘扔下肩头的木头，同时掉下了那本书。

哦，《人生》！

他一下子扑上去，当脚尖就要触上书时，他伸出了左手，正要弯腰捡书时，却又伸直了腰板，用伸直的左手指着小刘，问："《人生》呀？"

小刘偏过头，望一眼书，又望一眼他："嗯，对，这两个字你认得呀！"

"你的？"

"捡的。"

"捡的？"

"对，材料库房都堆成杂货堆了，啥都有！不仅有木头、水泥、钢筋、工具，还有书本，还有字画，还有美女像呢！"

"哦，这个值钱！"

几个人的目光投了过来。

"这个，值……"小刘侧过身，伸过头，瞅了一眼，放声大笑，"值一百万！"

几个人的身子，哗啦啦地凑了过来。

他猛地弯腰，下蹲，伸手捡起图书，捂在胸口，足有两分钟。

当他抬起头，睁开眼，那几个人已不见影了。小刘吹着口哨，走到楼边，又转过头来，冲他喊了一声："开饭了！"

楼下也在喊："开饭了！"

他听到了，没应声。

听到小刘的口哨声消失在楼下了，听到楼下的吵闹声被开饭声给引走了，他露出一丝笑容，先是用手拍掉书上的灰尘，接着用中指弹掉书封上的一粒沙子，然后就抱着书本端详着，微笑着。最后，他轻轻地笑了两声，就坐在热乎乎的水泥板上读了起来。

他的头上还戴着安全帽，脸上还戴着口罩，一副安全施工的样子。双手上的手套已经取下，一只垫在屁股下，一只用来扇风。

那书就铺在两条大腿上，他看一页，用手指翻一下。那翻书的手指，每翻一次，都习惯性地在舌尖舔一下。第四次时，舌尖感到了咸咸的味道，他把指尖竖在眼前，细细地瞅一眼，轻轻地笑一声，就戒了这个不卫生的小动作。

又看一页，额上的汗水流到了眼眶里，他眨一下眼睛，把汗水挤出来，继续看书。

再看半页，那汗水流到了上嘴唇，漫到了下嘴唇，他的舌尖感到了咸咸的味道。他抬起手背，擦了汗水，继续看书。

找他吃饭的工友柱子，找了好几分钟才找到这里。看到他这静如雕像的样子，柱子走到他左侧，掏出手机，拍了一张。见他没反应，柱子就走到他的正面，又拍一张。见他还没反应，柱子就迎着他的正面朝前再走两步，蹲下身子，来了个平拍，又来了一个仰拍。

拍完，见他还没反应，柱子不知是不想叫他还是忘了叫他，竟然站在他的身边欣赏起了照片。

那张仰拍照片最好，不仅有书名，而且有他凝神静气、目不转睛的专注神态。看了两眼，柱子便十分得意地将其发在了朋友圈，还写了一句话：工地上的阅读者。

不一会儿，这幅照片就在工友中传开了。

民间馆长

　　仓上镇是个有文化的地方。

　　西营河、裴家河于此交汇，地理上形成了上游仓山、下游粮仓之势，其地名便由此而来。集镇位于月亮山下，对面又有魁星山，便形成了自然与人文交相辉映之势，遍布山乡的民间文学使这个古镇文脉悠长。因河川地势开阔，两山盛开红花，此处又有"红花川""红花村"的地名。兵匪为患的明清时期，此地数度被县令看中，差点于此建置县城，也差点把"白河县"更名为"红花县"。因当年有一县令在此许过如此大愿，"红花县"的地名流传至今，镇上因此就有了更多文史掌故。

　　我到仓上，不是观赏美景，而是检查文化。

　　从老集镇的东头跨桥过河，但见道路越走越宽，街道越看越直，楼房越来越高，行人越来越多，街景越来越新。正观望间，社区农家书屋到了。

一个脸膛黑红的汉子迎了出来，一见同行的赵诗武就喊馆长，赵诗武连忙侧身介绍我，又拉过汉子介绍道："这是朱馆长。"

农家书屋还有馆长？

我疑惑地望着老朱，热情地握着他的双手。

老朱把来宾迎进书屋，自己穿梭于书架、报架、书桌之间，用带着湖北方言的普通话，如数家珍地开始讲解。

赵馆长把我拉到屋角，轻声介绍："为了让农家书屋的设施用起来、活起来，我们从构建保障体系出发，与镇、村两级联手，设法解决用人问题。因地制宜想了多种办法，比如由财政拨款设公益岗位，由村干部兼职，请志愿者当民间馆长等。"

民间馆长？

我问："这种机制，咋个建法？"

他说："自愿报名，自定服务时长，有干上午的，有干下午的，有干夜间的，也有干全天的，还有干周末的，干假期的，也有全包的。这个老朱干的，就是个全脱产的固定岗，从前年到现在，每天上班，无节假日，义务服务。"

了不起！我竖起大拇指："了不起的制度，了不起的老朱！"

见参观者就总分馆制和赵诗武展开了讨论，我便与老朱交流起来。

听到我的赞扬，老朱十分平静地说："无所谓为公，也无所谓奉献。从我个人的需求出发，我认为，自己爱看书，恰巧这儿既有大量的图书报刊，又有海量的数字资源，来这儿既当全职管理员，也当专业阅读者，一举两得。我还爱好写作，就合理分配时间，人多时忙服务、陪阅读，人少时或者无人时就写作，两全其美。同时，人老了，干不成啥事情了，与其在家干闲事，不如到这儿干正事！这样看来，是它利用了我的时间，我利用了它的资源，各得其所！"

哦哦，这境界，这认识！

那么，他在这儿，除了工作以外，都读些什么、写些什么呢？

墙角的旧桌子，是他的办公桌，桌上放有《民间文学》《安康文学》等杂志和《中国传统文化》《山海经》《大秦岭》等图书。见我翻看，老朱介绍："平时嘛，自己最爱看的是传统文化、地域文化、民间文学之类的书籍。除了这里的，我还搜集了不少湖北、陕西的汉水文化资料和本省、本市、本县的地方文史资料。最喜欢读的是地方文献。"

哦，他知道"地方文献"这个专业术语！那么，是县图书馆培训的吗？

他说是的，还举例说，为了收集地方文献，他动员亲戚、朋友帮忙，还拿出自己读过的一些藏书与人交换，从而收集了一些家谱、族谱和民歌、民谣、民间故事的刻本、印本、抄本，十分珍贵。

他很喜欢地方文献的收集与收藏，认为这是个一举两得的好事：既为公共文化积聚了公共财富，又满足了自己的阅读需求。他说："读这些东西，作用很大，不仅长知识、长见识，而且能了解各姓氏、各户族村民的来龙去脉与社会关系，掌握地域文化的渊源、特色与交融、传承，对我做好公共文化服务工作很有帮助。"

我问都有哪些帮助，他说很多，大到调解家族内外、村民之间的民事纠纷，小到为各户针对性地撰写春联，有这些文史知识就有了脉络、有了思路，有了令人信服的方法。因此，他便拥有了受人尊重的发言权、被人爱戴的社会地位。

我信了，我服了。一个"民间馆长"，如此好学、会学、博学，且因学以致用而具有如此广泛的服务能力，定然是个合格的、受人欢迎的好馆长。

当话题由阅读而进入写作时，我以为是读写一致的，他说其实不然。他的阅读多是为了社会服务，因而多与传统文化、民间文化、地方文史相关，因为这些是农民、农村需要的基本文化知识。而他的写作，则是写诗。

诗词曲赋，雅文化也！一个满身泥土气息的农民喜欢写诗，怪不怪？一个浑身充满书香气、泥土味的"民间馆长"喜欢写作，也不怪。

翻看他的习作本，我看到他的诗作不少，体裁不一，风格各异，既有如同《董永行孝》《王祥卧冰》之类的叙事诗，又有如同《汉江船歌》《兰草花开》之类的民歌体抒情诗，还有如同《三字经》《增广贤文》之类的哲理诗。透过各类诗作可看出其创作源泉、用途，便是：来自民间，服务民间。由此，更显"民间馆长"的作用与情怀。

看着，想着，我感受到了"民间馆长"的了不起。

他却说："不是我了不起了才做这事，而是这事需要这样做，你做到了才会发现这事做得了不起，做好了才会感到咱做这事真是了不起。因此，便有了职业自豪感，便有了履职责任感。"

从阅读者到管书人，从志愿服务到"民间馆长"，老朱这个当地有名的"读书人"，活出了大境界，活出了硬口碑。

都说民间有高人，像老朱这般高风亮节之人，才是真正的高人！

由此，我在心灵深处记住了朱正富这个值得铭记的名字，记住了"民间馆长"这种切实可行的体制，记住了仓上镇这个民风淳朴、兴文重教的地方。

阅读使者

我着实没有想到，建于汉阴县城关镇五一村的"传文书屋"，效果如此之好！其借阅者，不仅有本村的村民、学生和在外工作者，还有全镇其他村的村民、学生和县城的干部、职工、教师、学生；为其捐书者不仅有省、市、县有关领导和干部、职工，还有本村9至80岁的热心读者；来此参观者，不仅有汉阴县各村"农家书屋"管理员及安康的市县主管领导、文广局长、图书馆长，还有国家农业部、新闻出版总署和陕西省委、省政府的领导。

一幅幅记录实情的照片，一份份来自省、市、县的奖品，一个个走进走出的读者，都在向我证实：建于田间地头、农家院落的"传文书屋"，虽然有"全国示范农家书屋"的荣誉和"陕西第一农家书屋"的美誉，但这些并不重要，重要的是因为有了李传文这个"文化使者"，村民们才在迈向文明、富裕的进程中精神更足、能量更大、步伐更快。

回　乡

"传文书屋"的创办者，是汉阴县委党校退休教师李传文。

2007 年 7 月 18 日，"传文书屋"在五一村开张。李传文告诉前来恭贺的人们："我是五一村的人，我家祖祖辈辈都是这块土地养育的。1969 年高中毕业后，我回村务农，当了副支书。那时年轻，想建设家乡，却没有条件，只是在修路工地上凭力气多干活，靠知识搞宣传，因为表现突出，被提拔到本公社当副主任，半年后到药王公社当副书记，四年后因我主动要求而到县委党校当教员，后来虽然有了研究生学历、高级讲师职称，成了村民羡慕的知识分子，但我却一直自称农民、心系农村，始终操心村里的经济建设和社会发展。1976 年县上在农村开展路线教育工作，我主动要求回到五一村，担任工作组副组长，终于办成了两件事：一是完成了山水田林路总体规划，打通了从东至西、横贯全村的 3.5 公里的通村公路；二是改造泡冬田 300 亩，变每年种一季为种两季，解决了 4 个生产队的吃饭问题。那半年，从科学种田到农田水利，凡干成的事情，都是我带领下乡知青和返乡知青干的，因此，工作实践给我一个启示：农村的穷根子，不只是缺钱，关键是缺智！"

他指着阅览室东墙上的地图对来宾说："你看，五一村的条件多好呀！与县城只有一河之隔，从县政府到我们村部只有 7 公里。全村 5800 人、21 个村民小组，大部分位于月河川道，只有 3 个组在南边的丘陵地带和凤凰山上。这种有山有川、交通便利的条件多好呀！山上宜林宜果，川道宜工宜商，而论农业，不管种粮种菜，都有旱涝保丰收的良田沃土呀！可是，为什么村民不富呢！直到快 60 岁时，我才找到答案。"

有人问："什么答案？"

他说："退休之前，我又争取到了一个回五一村工作的机会——县上搞新农村建设规划，我主动找到县委领导，要求进工作组、到五一村，协助县委把这个全县第二大村的发展规划搞好。正是这个机遇，让我不仅出色地完成了村上的发展规划，而且十分幸运地完成了我这后半生的人生规划：办农家书屋，为村民送智！"

2006 年 5 月，李传文从汉阴县委党校退休。一离开讲台，便回到了家乡。

在五一村，李传文有 6 间祖传的土房，自父母去世、全家住进县城之后，旧房逐渐破损、坍塌。他说服已经退休的妻子和在党政机关工作的儿子、儿媳，将全家所有积蓄凑起来，携带着 12 万元钱，只身一人回到了老家。

要用 12 万元盖起一幢 6 间、2 层、砖混结构的房子，并办成一个集阅览、藏书、培训、文化娱乐为一体的书屋，着实是一件难事。除了因陋就简、精打细算，便只能是节约人工、亲力亲为。三伏天，他不是挑砖，就是挖土，不到一个月就累倒了。在医院住了一个礼拜，他就跑了回来，医生打来电话，心疼地批评道："血压高到二百多，你不要命了？"三九天，他一会儿跑材料、一会儿扛板子，民工不解地问："你个知识分子，咋比农民还泼辣？"

房子建好后，还得一件一件配设备。他用旧房子可利用的木材，制作了 12 个书柜、10 张丁字桌、52 只独凳、6 把椅子，又从家里搜来 1 张饭桌，从党校要来 4 张弃用的课桌，再让家人帮忙送来 2 个壁挂电风扇、1 个台式电风扇和 1 台电视机、1 台饮水机、4 个暖水瓶、1 个烧水壶，便将 4 间藏书室、2 间打通的阅览室（培训、活动等综合用途）布置完毕。

将家里收藏的 4000 多册图书、50 多幅挂图、30 多幅字画全部运到书屋，书屋的硬件设施基本具备。

村支书杨官金进来一看，大吃一惊："李老师，你真的把这儿办成书屋了？"

李传文听了这话，也吃了一惊："不办书屋，我劳这么大神干啥？"

杨官金笑着说："一看你这前门开到大路边，后门开到村部院落的架势，不少人都说，这要办成个农家乐，可是个赚大钱的宝地呀!"

李传文笑了:"我前门开到大路上,是为方便群众;后门开到村部里,有利于资源整合!"

"资源整合?"杨官金不解地问。

李传文一脸认真地说:"我正要跟你商量呢!我这书屋,虽然是个人投资的民间图书馆,但我的愿望是要办成村上的、村民的、社会的公共文化服务机构。这里不仅能看书学习,而且能搞培训、搞活动。因此,到村部来办事的、开会的村组干部和村民群众,也可以成为书屋的读者;而村部的报刊和我这儿的书刊,都可以资源共享;还有……"

杨官金一把握住李传文的手,一边叫好,一边大声喊来村干部,几个人一合计,很快形成两大共识:

第一,成立"五一村农民科技书屋协会",由支书担任会长,李传文担任副会长兼秘书长,村"两委"班子成员为理事。在21个村民小组分别设立会员小组和科技、文化兴趣小组,广泛发动村民和驻村企业职工、学校老师入会。

第二,"传文书屋"的书籍和村部的报刊实行资源共享,轮流开放。每周一、三、五村民到村部阅读报刊,二、四、六到书屋看书。

"传文书屋"开张仪式上,村支书主持仪式,村主任致辞,李传文向前来参会的乡亲和县直、城关镇等20多个单位的嘉宾郑重承诺："我办的这个书屋，之所以叫'传文书屋'，就是要全心全意地传播文化，传承文明，送智下乡，服务百姓！"

于是，人们理解了"传文书屋"命名的含义：既是惠民，也是自励。李传文解释"自励"的意义为：写上自己的名字，亮出自己的招牌，激励自己要自力更生，努力办好；人在阵地在，决不言弃！

会后，他郑重地告诉妻子、儿子、儿媳：家里的事，就拜托你们了。我这后半生，就属于老家的村民了！每周二、四、六，他给读者导读、解读和现场服务；一、三、五他要走村入户，送书下乡，并到各读书小组提供科技、文化服务；每个星期日，他要整理图书，并开展读书会、培训会等文化、科技、娱乐活动……

家里人除了支持、理解，更多的便是叮嘱他保重身体。老伴看着他日渐消瘦的身体，热泪盈眶。

财　神

"传文书屋"开张后，李传文想，要提高村民读书看报的积极性，务必做到学用结合，让他们得到实惠，见到效益。于是，他把村上的养殖、种植、加工、商贸等300多家专业经营户和部分爱读书的村民列入"特服"对象。为此，他不仅上门服务跑了不少路，而且通过购买、搜集等方式添置了上万册科技图书。

读者胡小平是五组的青年农民，虽然只有初中文化，可他喜好读书，每次进了书屋，他就直扑"农业科技"专柜，有关种植业、养殖业的书刊，他一看就是大半天，有时还要和李传文反复探讨。

李传文发现他是个好苗子，想培养他为科技兴趣小组的骨干，就登门探望。

初春的田野，碧绿的麦苗迎风翻浪，金黄的油菜花含笑开颜。走在当年改造的泡冬田边，看着如今的"丰产方"，李传文的心中有一丝甜蜜，也有一些成就感。他想，科技兴农不仅是真理，而且是一项紧迫而又艰巨的任务！

来到胡小平的田地里，他看到了另一番景象：小伙子种的小麦、油菜和果树、蔬菜，确实比别人家的枝干更壮、叶子更绿、花果更繁。然而，他种得太杂，显不出特色与效益。

李传文问："你到底想靠啥赚钱？"

胡小平说："先试验，看哪个更好就主攻哪个。"

李传文问："还想试验什么？"

胡小平拍着脑袋说："听说肉价飞涨，我还想养猪、养兔、养牛、养羊、养鸡……咱这儿有河流、库塘、水田，还想养鸭、养鱼……"

李传文摇头了："你有田地，没有山场，不适宜养牛、养羊；同时，咱们汉阴乃至安康，有汉江、月河等大江大河，人们吃惯了江河鱼，吃不惯库塘鱼……凭你这点田地打的粮食，养不到20头猪，形不成规模效益……"

胡小平听呆了，双手搓了半天，弄不清干啥为好了。

李传文和他一块坐在屋里讨论了好久，也想不出个点子。于是，二人又走出家门来，走向田野。

平展的月河川道，的确是个米粮川，任何种子撒下去，都会长出绿色的希望来。

忽然，一口藕塘吸引了他的目光。

"这是谁的?"他问。

"我的。"胡小平答。

李传文几步来到塘边，看着秆壮叶肥的一塘莲藕，连声问："咋样，效益咋样?"

胡小平说："虽然不好伺候，但收入是种粮的两三倍。"

是啊，莲藕可是个好菜呀！李传文明白，汉阴是陕西著名的"小吃之乡"，而莲藕在炖、炒、蒸、煮及凉拌等各式菜肴中都是上等原料，荤素均可，老少皆宜，市场需求量很大，种植莲藕必然是个适销对路的好项目。

于是，二人定下君子协议：胡小平发展莲藕生产，李传文协助技术保障。

第二天，李传文就跑到县农业局、科技局和老科协，去找有关莲藕种植的书，但一本都没有。晚上，他回家去求孩子帮忙，才从网络上查找到几篇论文。

第三天是星期二，正逢书屋阅览时间，他一边服务读者，一边翻阅种植业图书，终于在十几本书中找齐了莲藕生产从整田、下种、施肥、防虫到采藕、挖藕各个环节的技术要点。当天晚上，当他将十几本夹有纸条的书、十几张电脑打印的技术资料送到胡小平家时，一家人激动地团团围住李传文，要留他吃饭、喝酒。李传文连口水都没有喝，骑上自行车就走了。

于是，胡小平 2008 年试种莲藕，2009 年扩产。当胡小平将自家的田地全部变成藕塘，又租赁了邻居的十几亩水田，正准备大显身手时，难题出现了：一种无名水草，满塘疯长，似乎一夜间就长得到处都是，其蔓越长越长，其叶越长越大，严重影响了莲藕的发芽生长。

此时，藕芽正在出头。进塘拔草势必踩断藕节，损伤藕芽；用镰刀割吧，头天割断，第二天又发；用铁丝钩吧，只能钩出叶子，却拔不出根须。眼看着嫩绿的藕叶、藕芽或被水草淹没，或因水草争食营养而枯黄，胡小平心急如焚，在塘边转了两天也转不出个招来，只好骑车来到"传文书屋"。

他翻了半天书，也没翻出个所以然。由于心慌，书被翻得哗哗乱响，别人向他翻起了白眼。

李传文发现后，将他喊到门外，问明情况，便进来帮他找书，一连找了三个"农业科技"专柜，也没找到一句有用的话语。

李传文打电话咨询农技站，听到的答复是：长草了嘛，拔了就是。

二人摇头笑笑，相对无言。

当晚，看书的村民走完之后，李传文关了房门，开始查找资料。从书到刊，找了20多本，无济于事。李传文想：报纸上登的技术、信息更新很快，不妨看看报纸。他将与农业、科技有关的几份当年的报纸全部取来码在桌子上，翻了大半夜，终于找到一篇有关生物防治法的文章。

李传文想：这个方法，可能是个好招。

第二天一起床，李传文就骑上自行车，兴冲冲地冲向五组。

他让胡小平找来几只鸭子，一块儿到藕田做试验。

果不其然，鸭子一下塘，就开始吃草，既不伤藕，也不踩田，效果出奇地好。

当下，胡小平就奔跑起来。他将附近村民在库塘、水田、河道养殖的鸭子都买回了，全部投放到藕田里。

就这样，胡小平的藕塘，形成了新的生物链。

如今，这30多亩藕田，不仅种莲藕，而且养鸭子。游荡于莲花、藕叶之间的鸭群，吃着虫子、杂草，活泼地生长着。

　　为了肥田，他还养了生猪，饲料来自田地，猪粪又肥壮了田地。年出栏30头肥猪，可是一笔不小的收入呀！

　　然而，前来参观的县上领导让他介绍"生物链—致富链"经验时，他却指着李传文，腼腆地说："只有李老师能讲得清，他比我钻得深、悟得透，我不太懂。"

　　那一天，住在村部边上的徐家翠，也发出了同样的感慨。

　　她开农家乐致了富，村干部让她给县上领导、媒体记者介绍致富经，她却说："我们的财神，是传文大哥！"

　　徐家翠虽是人到中年的农家妇女，但思想时尚、追求新潮。当城边兴办农家乐时，她在本村也办了起来，而且装饰新颖，引人注目。可是，由于忙于应付，没时间去学习烹饪技术，只红火一时，生意就开始萎缩。

　　李传文陪客人到这里吃饭时，就认真观察，客人走后，他就回到书屋，选了几本烹饪书送来，并指着一本画册中的彩色图案说："你看，同样是土豆，人家做出了多少花样！再看，同样的农家土菜，人家做出了多美的花色！"

　　徐家翠搭眼一看，就瞪大双目。她伸手将书抓来，爱不释手地翻看起来。

　　当天下午，徐家翠就走进了"传文书屋"。

　　"妈呀，真想不到，在我的隔壁有这么大个奇妙的天地！"在书屋翻看了两个小时的书，徐家翠大开眼界，赞不绝口。

这个自初中毕业就与书无缘的农家妇女,猛然走进知识殿堂,顿觉眼花缭乱,心旷神怡,她兴奋地睁大双眼,恨不得用目光将那些对自己有用的书刊——吞进肚子里。

自此,徐家翠成了"传文书屋"的铁杆读者。

一连三年,那些关于食材、配料、刀功、火候和色、香、味、形等有关厨艺的知识读物,都是徐家翠的最爱。

徐家翠的农家乐远近闻名,不仅附近三个村群众的来客接待、红白喜事要选她家,而且城里的不少食客也闻香而来。

菜品出名后,服务应跟上。李传文及时推荐了有关接待、礼仪、环境美化方面的书籍,恳切地说:"软件也是硬效益!"

一家小小的乡村农家乐,有了音乐,有了鲜花,有了亲切的笑容和暖人的言语,便有了和优质菜品同样迷人的引客之术!

城里的饭店老板装作食客来取经,体验之后夸赞道:"大姐呀,你简直是阿庆嫂嘛!"

徐家翠老实交代:"不是我有啥本事,最关键的秘诀,是我们村有传文大哥这个送知识、传技术的好财神!"

导　师

虽然有村民读书兴趣小组的 500 多名成人读者,但"传文书屋"的最大阅读群体却是师生。

　　"传文书屋"的读者，有本村的五一小学全体师生，相邻的月河初中等5所中小学中过半数的师生，有县城的汉阴高中、城关初中和相距30公里的漩涡中学的师生，还有假期回家的安康学院、西北大学、陕西师范大学、四川大学、湖南大学等30多所大专院校的本村、本镇、本县学生。

　　为此，县上领导称赞：李传文的"传文书屋"，实现了"文教联姻"，办成了"育才基地"。

　　在这些学子中，有个被安康高新中学两年前挖走的学生，让李传文念念不忘。

　　他叫龚传森，家住第八村民小组，离书屋有1公里远。2011年暑期的一天清早，他陪弟弟到书屋来，自己却没进门。

　　弟弟在书屋看了不到一个小时，他在院子里转得不耐烦了，就进来催："选一本书，回去看吧！"

　　弟弟放下手上的《汉阴文艺》，又去翻看柜子里的图书。

　　龚传森走上前去，本来是要拉弟弟回家的，不料，目光所及，处处引人注目。他从眼前这个柜子上的"文学""艺术"，看到相邻柜子上的"法律""文史"，再到下一个柜子上的"电脑""航天"，一个个标签看下去，竟然看到了"历史""地理""哲学""美学"……

　　这个初三学生立马变了神情，提起一张方凳，就坐到了"哲学"书柜前边。

这天上午，他共在这里翻了七本书，全是马列著作。

他是首次来，李传文并不认识。但他小小年纪却痴迷这类书籍，着实让李传文这个党校退休教员感到吃惊。

李传文去问一个初中生："他是谁？"

得到的回答是："他是我们学校的学霸，是个不多言语、不善交际、十分清高的高才生！"

李传文又问："学生在假期都爱看娱乐性质的文艺书刊和教辅性质的读物，他为啥喜欢那些书呢？"

回答是："因为志存高远，所以与众不同。"

李传文摇摇头，坐了下来。不一会儿，他又走过去，却不知该交谈什么。

没想到，半天一言不发的龚传森却主动开口了："李爷爷，您这些书实在难得呀！"

交谈之中，李传文得知，龚传森喜爱马列著作，却很难找到这些读物，他到学校图书室、县图书馆找过多次，几乎找不到。为此，他睁大双目，十分认真地问道："我们的党是共产主义政党，那么，我国人民就应该学习马列主义，然而，为什么现在关于马列主义的书却很难找到呢？如果不加强马列主义学习，我们的理想、信仰将用什么理论来指导、来支撑呢？"

如此小的年纪提出如此大的问题，令李传文吃惊不小，兴奋不已。

于是，二人展开了热烈的讨论。

由此，二人在"传文书屋"结成了忘年交。

当天晚上，李传文赶回家里，把自己保存多年的马克思、恩格斯、列宁、斯大林的著作全部搜集起来，第二天又向党校同事找了一些哲学、社会科学之类的著作，一起搬到了"传文书屋"。

第三天，他给龚传森列了个"马列著作阅读书目"，并逐一讲解了内容提要和阅读重点。

龚传森高兴地说："有您帮我导读，我定能学得更好！"

这天，龚传森借走了恩格斯的著作《自然辩证法》。

一周之后，李传文问龚传森的弟弟："你哥把那本书看完了吗？"

回答是："笔记写了两大本，书已看了两遍，又在看第三遍呢！"

这天晚上，李传文走进了龚传森家。灯光下，一老一少讨论热烈，相谈甚欢。

离开党校教坛五年之久的李传文，不仅找回了当理论教员的良好感觉，而且从这个少年的身上看到了一代青年的希望，看到了马列主义不灭的光芒！返回的路上，他想了很多，心情久久不能平静。临睡前，他给自己下了一个任务：不仅要服务学生读书，而且要帮助少年儿童立心、立志、成长、成才！

为此，他有了一个大胆设想：把"传文书屋"办成附近中小学的课外"育才基地"。

次日，他把自己多年来花费精力、财力从全国各地搜集的红军长征、抗日战争、解放战争、抗美援朝等军史、党史、国史挂图，整整齐齐地挂在书屋内6间房子的墙上，然后去请五一小学的领导和政治、历史课程老师来观摩、指导。

老师们一看，当下决定：组织学生逐班现场学习。

学生在老师的带领下，一个班一个班地来了。李传文手持教鞭，一张图一张图地讲解。

每一个专题，都需要讲两个课时。

每周一、三、五，虽然不是阅读日，却成了专题讲座日，一连两个月，李传文从土地革命，讲到改革开放，每次都讲得口干舌燥，讲得掌声雷动。

给五一小学讲完了，其他学校又来了。

团体来过了，个体又来了。

一连半年，这个"育才基地"风生水起。

不久，李传文又给自己制造了一个"麻烦"。

那天，他去给一个油菜专业户送书，发现正在写作业的小学生翻开的课本上写的是《清明上河图》的内容，却没有图示。他问："你知道《清明上河图》是啥样子的吗？"

学生仰起脸来说："听老师说，房连排，人成群，跟咱们汉阴县城一样热闹!"

"光是热闹吗?"他追问。

学生默默地摇了摇头。

李传文立即骑车进城,从自家的柜子里,找出了自己花钱所购、珍藏多年的一张丝质的《清明上河图》。

当天下午,他来到五一小学,将四米多长的图画铺在地上,一口气给围观的老师讲了半个小时。

于是,解说《清明上河图》,又成了他在五一小学逐班进行的专题讲座。

一连两个学期,各类讲座加起来,就是两个老师一年的代课量。学校领导过意不去,找到李传文,说要付点报酬。

李传文问:"师生们听了这些,究竟受益没有?"

校长说:"效果很好,不仅增强了对课程的理解,而且拓展了知识面。"

李传文笑了:"谢谢,这就是给我的最好的报酬!"

校长动情了,拉着李传文的手说:"您是我们最好的政治、历史、思想品德课导师!"

发此感慨的不仅是校长们、老师们,更多的是那些受到教益的学生。

留守儿童汪建涛,领着两个弟弟在五一小学围墙外的农家租房上学。三个小孩子,每天放学后除了看书、做饭和做作业,就是对亲人无尽地思念，一闲下来，个个闷闷不乐。

李传文给村里的几个小读者出点子：带他们来读书，兴许能帮他们找到生活的乐趣。

果然，不出一个月，三个小孩就在"传文书屋"发出了开心的笑声。

去年七月，老三从五一小学毕业，三兄弟搬进县城读书。临行前一天，三人来到"传文书屋"，一一归还了所借的书籍，汪建涛带头给李传文鞠了个躬，他流着泪说："李爷爷，我们昨天已经搬完家，今天是专程来向您告辞的。"

老二说："感谢您给了我们学习上的帮助、生活上的扶持、为人处世上的指导！"

老三说："感谢'传文书屋'给了我们知识，给了我们乐趣！"

走出大门，汪建涛又鞠了一躬，含着热泪说："李爷爷，我们兄弟三个昨天晚上商量好了，长大后要像您一样，做好人，做好事，做个对别人有益、对社会有用的人！"

看着他们离去的背影，李传文热泪盈眶。

那是欣慰的泪水，那是喜悦的泪水，那是面对禾苗的成长、花朵的盛开而激动的泪水。

天　路

　　"传文书屋"有些特殊读者，他们借书不多，进门很少，却让李传文操了不少心，出了不少力，跑了不少路。

　　五一村有5800多人，老、弱、病、残等有读书需求而上门困难的读者占近10%。对这些特殊对象，李传文的方法是：因人而异，提供个性化服务。而这种服务，多属用送智、扶智的方式帮助他们获取新的人生能量。

　　家住第九村民小组的大龄女青年马熙红，李传文一帮就是五年。

　　五年前的一个夏日午后，一位小学生领着一位大姑娘进了"传文书屋"。奇怪的是，小孩反倒像个大人，处处招呼着那姑娘。进门后，小孩搬来凳子，放到书桌前，又取来《文学报》放在桌子上，然后拉那站在墙角的大姑娘过来坐下，并指着报纸，用双手比画了一下看的动作。然后，小孩悄声对边上的一个小伙伴说："说不定，读书看报能让她快乐起来。"

　　李传文把小孩拉到另一间房子，轻声问："那是谁?"

　　小孩回答："我姐，马熙红。"

　　他问："她咋了?"

　　小孩回答："她耳朵听不见。"

他问："有文化吗？"

小孩回答："大专毕业的。"

李传文点点头，走出去，看着马熙红闷闷不乐、要看不看的样子，寻找着为她打开心窍的钥匙。

想了一会儿，他便拿着纸和笔，坐到马熙红对面，在纸上写了一段话："姑娘，你是一个有知识、有文化的人，欢迎你来看书。我当过农民，当过干部，也当过教师，论年龄也可以当你的长辈，咱俩能推心置腹地谈谈吗？"

马熙红看看他，想了想，点点头。

通过交谈，他得知：听障姑娘马熙红大专毕业后，既找不到工作，也找不到对象，成了家中吃闲饭的"剩女"。因为背负就业、婚姻的双重压力，所以整天闭门不出，以泪洗面，内心十分痛苦。

李传文想：要解放她的心灵，必须先让她走出家门。

于是，他提笔写了一句话："请你下周一、三、五到'传文书屋'来上班，上午登记，下午读书，行吗？"

马熙红看看他，然后抬起手来，指指书屋，又指指自己，似乎不大相信这话。可是，再看看李传文那慈祥的目光里所包含的真诚和信赖，她便重重地点了两下头。

下周一，马熙红8点整就来"上班"了。她翻开书目登记本，认真看了前几页，掌握了基本要领，就将库房里尚未上架的书抱出来，码在书桌上，一本一本依着书名、作者、出版社等条目，规规整整地登记起来。

其实，她压根就没想到：这个书屋是李传文自办的民间图书馆，根本不存在报酬，也无钱招人"上班"。

她不知道，这些书是西安两位退休干部从报纸上得知李传文自办书屋、为民服务的事迹后，捐赠来的。平时，这些活儿都是李传文利用星期天自己动手干的。

一上午，登记、整理了上百本书，马熙红感到很有成就感，临别时脸上有了笑容，有了红润。

一下午，看了三份报纸和两本杂志，马熙红感到目中有了事物，心中有了感想，眼中便有了神采。

傍晚，李传文递给她50元钱，还有一张纸条："这是你上班的工资，劳动的报酬。"

马熙红捏着钱，如同捏住了自己的命运，满脸都是感激而又坚毅的神情。

就这样，时不时地来读书、整理书，不到半年，马熙红就赚够了赴广东的路费。她要出门打工，她要改写人生！

临行前，她来向李传文辞行，没有语言，只有热泪。

李传文感到出门不易，对她来说更难，就登门动员其家人给她买个手机，教她学会发短信，并告诉她："有事用短信与人联系，很方便。"

马熙红到了深圳，果然遇到困难。那个别人帮忙联系好的企业，一见她有残障，就婉言谢绝了。走投无路的马熙红给李传文发来求助短信，李传文想了下，及时回复："你在那里暂住半天，不要走，我找人来接你！"他立即找到在东莞一家中外合资企业当中层领导的学生，求其妥善安置马熙红。那学生以对老师报恩的心情赶去接走马熙红，两天时间面试了十几个岗位，最终让她当上了公司办公大楼的卫生管理员。

打了一年工，有了一点积蓄，马熙红返回家乡，准备创业、成家。

回来不到一个月，精神振作、意气风发的马熙红迎来了双喜：一是收获了爱情；二是在李传文的帮助下办理了残疾证，获得了残疾人补助金。

如今，马熙红已经有了心爱的宝宝。她一边抚养孩子，一边学习缝纫技术，为明年开店做着准备。

采访时，看着李传文与马熙红专用的对话交流本，我似乎看到了一条通往幸福的天路，看到了天路上为他人奔忙的天使。

是的，有些事对于常人来说极其简单，对特殊人群来说却难如登天。李传文赋予他们的，便是通天的梯子。

对此，李传文的说法是："对我们而言，有啥难的？不外乎用你点精力、资源，花你点时间、小钱；不外乎你多点爱心、耐心，多点付出、担当嘛！"

正因为有了这种担当，他才能充分利用"传文书屋"的信息优势和读者多、耳目多、交际广、辐射广的人脉优势，为需要帮助的群众办了许多好事。

他从报刊上得知，国家颁布了给当过赤脚医生、民办教师等的农民生活补助的惠民政策，立即让读者四处宣传，并亲自帮人写申请，带着他们到村上、镇上、县上办理有关手续，使何治国等十几个人享受到了党的雨露阳光。

他阅读了关于残疾人补助的政策和办理手续的文件后，得知本村有30多人可以申请，而这些人有的年老体弱，有的行动不便，有的言语不清，就买上照相机，翻山越岭地登门帮助他们照相、填表、写申请，还自己雇车，领着他们进城办理。十五组村民冯世怀耳聋，妻子失明，夫妻二人因年老体弱住在高山上不能进城，李传文请人将他们背下山，又打车送进城，忙了整整一天，帮他们办好手续。第二年，冯世怀病逝，咽气前托人下山向李传文致谢。带信人握着李传文的手，动情地说："你让残疾人和正常人一样享受到了应有的尊严！"

帮助困难学生，李传文更是在所不辞。因为他知道：多一个读书人，社会就多一个人才，国家就多一分希望。所以，他给自己定了一个目标：只要他知道的，他能办的，就绝不能让一个学生因为家庭贫困而失学！

2011年暑期的一天，家住第十一村民小组的高二女生邹玲玲，突然趴在书屋的桌子上哭了。李传文一问才知道：她父亲外出打工因事故死亡，母亲靠挑担进城贩卖甜酒、粽子维持生活，弟弟正上初二，家里债台高筑，她面临失学。

李传文当即找到两份报纸去见邹玲玲的母亲郭小萍，他指着报纸对她说："玲玲品学兼优，失学可惜，一定要读完高中，去读大学。你看，贫困生上大学可以办理助学贷款，国家有扶持哩！"

郭小萍哭了："眼下都没钱生活了，高中已上不成了……"

李传文马上进城去寻求帮助。一直找到第三天下午，才说服了县电力局的领导，同意资助4000元钱。

就凭这4000元的扶持，邹玲玲精打细算地读完了高中，考上了大学。

这时，李传文又从报刊上查阅政策、信息，帮助邹玲玲申办了有关扶持和助学贷款。

今年暑期，邹玲玲放假回来，专程来到"传文书屋"，一边向李传文汇报学业，一边向他表达心愿："我在学校参加了志愿者活动，锻炼自己的服务能力，将来毕业后，要一边干工作，一边做公益，一定要把您的精神传承下去！"

赛　跑

如今的"传文书屋"，真可谓美名远扬、好评如潮。

当看到国家新闻出版总署的"全国示范农家书屋"、农业部的"农民科技书屋"两块奖牌时，我发自肺腑地称赞李传文了不起！李传文却说："人要尊重荣誉，但不能看重荣誉。不过，我非常感谢上级组织实打实的支持、帮助和关怀、指导。"

当我在他的指引下看到由国家农业部和省农业厅捐赠的1000多册农业科技图书，看到由国家新闻出版总署和省新闻出版局赠送的两柜子"农家书屋"配套图书，我明白了他口中支持的含义。

支持者，不止这些。

除了省委宣传部、省文化厅、广电局、出版局、老科协、老龄办、省作协和市文广局、文研室、图书馆，还有县纪检委、政法委、组织部、农业局、文广局、图书馆……这些，他都一一登记在册。

对于个人捐书的大户，他都建了专柜，或是在放书的柜子上贴了标签，以示鸣谢。在阅览室西墙的那排书柜上，醒目地贴着：西安市高陵县公安局一级警督郭达夫捐书421册，西安铁路局教师郭达风捐书220册，安康市副市长杜寿平捐书87

册……

这些支持者，多为他的精神所感动。安康市文广局局长杨海波说："他为我们打开了送书下乡、文化惠民的新路，开拓了公共文化服务体系如何建设的思路！"

来自省城的一位政协委员说："看看门庭若市的'传文书屋'，想想那些门可罗雀的'农家书屋'，我终于明白：不是农民不读书，而是太缺李传文这样的文化使者！"

开办"传文书屋"以来，李传文个人也获得了不少荣誉。当我看到他出席全国农家书屋工程建设总结表彰大会、全国民间图书馆论坛代表大会等活动的照片时，我诚恳地向他表示恭贺。李传文说："这些荣誉，我最珍惜的是全市首届'安康好人'、第二届'道德模范'。因为，这两个荣誉，不仅是对我过去工作的肯定，更重要的是勉励我今后永远坚守初心，不负众望。"

此时，我明显看到，捧在手上的荣誉证书，被他掂出了沉甸甸的分量。

此刻，我明显看到，他的目光中闪烁着生命不息、奋斗不止的坚定信念。

他说："生命是有限的，荣誉也是有限的，而工作无止境，要做的事很多，很急。"

我点点头，表示赞同。

他说："我都70多岁了，要赛跑呀！"

我问："跟谁赛跑？"

他说："为农民传文化、送智力这类事，不去做可能没看见、不知道，但你要诚心去做，便越做事越多，越做越重要、越紧迫，真得不用扬鞭自奋蹄呀！因此，要跟时间、跟自己赛跑！"

说着，他便掰着手指头给我计算：除了"传文书屋"和农民科技书屋协会，他还是村上的老科协、关心下一代协会副会长兼秘书长，都是具体责任人。同时为了利用"传文书屋"这个阵地，搞好五一村的文化建设，他促成村上成立了文艺宣传队和锣鼓队、秧歌队、电影队，这些民间组织都是村支书挂帅，村干部参与，他具体负责。这些事，群众非常需要，但具体组织起来，事务非常具体。比如前年他们参与县上的春节文艺活动，从创编、导演到伴奏、表演，他都是直接上手，一忙就是一个月，每晚都熬到大半夜，还贴补进去上千块钱。村上高兴的是能获奖，村民高兴的是能参与，他高兴的是群众能享受到文化带来的快乐与教益。

说到这儿，他拿出了自己创作的快板、歌曲、花鼓词等作品，艺术样式上十种，真够难为他了！

可他却兴奋地说："这点东西，咋得够哟！"他边说边从书柜里取出十几本书刊，指点道："主要内容都在这里边呢！"

他翻开书刊中的内容，不停地指点着，一会儿说这个歌曲他们唱过，一会儿说这个小戏他们演过，那个得意样儿，似乎又融到了活动现场乡亲们那沉醉的笑容之中。

放下书刊，他又取出一个文件夹说："我已经发展了十几个业余作者，他们的进步和发挥的作用越来越大。"

看罢几位作者的作品，他便把我领到了住在十九组的退休教师杨乃进家。

杨老师已经85岁了，一见到李传文，那爽朗的笑声不亚于中年人。二人边握手，边聊开了一首题为《美好心灵》的诗，李传文说要搞成配乐诗朗诵，杨乃进说还得再改改。

杨乃进因老伴患病卧床不起，差点失去生活信心，是文艺创作让他振作精神，老当益壮。近五年来，他不仅获得了几个全国性诗歌、散文大赛的一、二、三等奖，而且因为不时有创作的节目在村里演出而受到村民的普遍尊敬。为此，杨乃进深有感触地说："如今的五一村，兴文重教已成风尚！"

是啊！今天的五一村，不仅读书、学习蔚然成风，而且乡风文明，一派祥和。

我在村部的墙上，看到了一组令人振奋的荣誉：

——全国治安模范村；

——全国农业经济示范村；

——陕西省服务农民服务基层文化建设先进集体；

——陕西省关心下一代工作先进村；

……

同时看到，在安康市评选的第二届道德模范中，该村就占了三人！

不简单，这些文明硕果，真是来之不易呀！

这些文明成果，饱含着李传文的心血呀！

李传文回答："在农村传文明、种文化，的确不易；但是，扑下身子做起来，却是其乐无穷，力量无限！"

说到这儿，他把我领到书屋外，指着自家院子东边的一块空地说："我准备在这儿盖个三间房的阅览室，进一步优化读书环境，提高'传文书屋'的凝聚力和辐射力。"

顺着他手指的方向，我看到几朵鲜花正在夕阳下开放。

图书馆的自己人

我调到安康市图书馆上班的第一天，于早上八点整到岗。阅览大楼的门刚刚打开，便见他已在大厅里拖洗地板，余光看见了我，他便送个微笑，问声早安，又埋头干活。

我第二天早上到馆，是七点半钟。他与门卫老张各执一把大扫帚，一块儿清扫大院。见我进来，他扬起笑脸，挥着大手，朗声叫了声"早上好"！

第三天早上，我又是七点半到馆。他已把阅览大楼一至三层的过道和楼梯道拖洗完毕，提着拖把过来问我："去给你拖办公室？"我说声不用，就走了。

这天早上，开馆半个小时之后，我到阅览大楼去巡察读者入馆情况，见他端坐在文学阅览室靠窗的位子上，聚精会神地阅读着长篇小说《长征》，连我在他面前走来走去转了两个来回都没注意。我便想：他如此醉心于个人阅读，怎能服务好读者呢？

流通部主任孙庆敏听说我在这里，也赶了过来。我指着他，悄声问："这是谁？怎能在上班时间只顾自己读书呢？"孙主任皱了下眉头，继而笑道："这是个读者，名叫涂春晖。"

我大吃一惊，介绍了近日所见他的劳动表现，感慨道："这样的好读者，真是主人翁呀！"我向孙主任提议要表扬他，原因是他爱馆如家，每天早来、迟走，主动打扫卫生、整理书架，不仅勤奋、礼貌，而且热心公益、热情服务，值得馆员学习，也应倡导其他到馆读者向他学习！

孙主任叹息一声："只可惜，他是个精神病患者！"

见我一脸疑惑，孙主任解释说："他年轻时在岚皋县教书，患病后无法正常工作、学习、生活了，就辞了职回到安康，住在果园小区，和他母亲相依为命。他白天只在家里吃三顿饭，其他时间都泡在图书馆里，边读书，边帮忙，乐在其中。"

听了孙主任的简短介绍，我内心对他既同情又尊敬。又问一遍他的姓名，我就走过去，伏下身来，轻声问道："涂老师喜欢军事题材作品？"他脱口一句"不喜欢"，就放下书本，站起身来。见是我，笑了下，点个头，又一脸严肃地指着书的封面说："这是革命历史题材，塑造的是革命英雄群像，弘扬的是革命浪漫主义精神，歌颂的是革命……"见他越说声音越大，影响了其他读者，孙主任赶紧打个手势，让他打住。他住了声，坐下来，眼神复杂地望了我一下，又指着书名，一字一顿地说："这是革命历史，不是军事题材，我不喜欢战争，不喜欢！"孙主任连忙制止了他，轻声介绍说："这是新来的李馆长，也是个作家。"老涂咧嘴一笑："我早就打听清楚了，李馆长还是市作协副主席呢。我昨天就把你过去捐给咱们馆的书全部借回去了。等我研究完了，咱们好好交流一下！"

见他声音又高了，我说声欢迎，赶紧告别。

一个月后的一天早上，我正从城堤上往单位走，被人叫住了。我上前一看，是上初中时的班主任张老师，她在这里晨练，顺便等我。

我把张老师拉到堤边的花坛前，陪她在条椅上坐下来，聊了一会儿才弄清：老涂见我的散文集《感恩笔记》中有篇文章写的是张老师，读完之后便去问他们的街坊张老师，这个张老师是不是她。张老师看后回答："虽然我没有书中的张老师那么完美，但这个作者是我曾经的学生。"老涂便认认真真地告诉她我出了多少书，何时调到图书馆，还特意介绍："这个馆长有意思，不仅能写书、爱读书、会评书，而且不用公车接送，每天早上从河堤上步行一小时来上班，总是提前半小时到岗。"正因为如此，张老师才散步到河堤上，会见我这个多年未见的学生。

临别时，张老师叮嘱我要照顾好涂春晖，因为书是他的清醒剂，只有待在图书馆，或者钻进书本里，他才像个正常人。

我把老师的嘱托带到馆里，告诉孙主任和流通部、电子阅览室的工作人员以及门房等与老涂接触较多的人。大家都认为他是个优秀的读者，自然要尽心关照。

但对"优秀读者"这个称呼，老涂却感到很不舒服。

年底评选表彰优秀读者，流通部和共享办都上报了老涂。名单初审后便让入选者填表，老涂不仅不填，还冲着孙主任翻白眼。孙主任笑着说："不仅我们部门的工作人员都推选你，而且你的到馆次数、借阅量名列前茅，别的读者也推荐你。更何况，李馆长时常夸你优秀！"他把我的名字在口中反复念叨几遍，就说要来找我。

过了十几分钟，他来敲门，我开门请他进来，他却不进，站在门口就其不当"优秀读者"的理由说了三条："其一，我爱馆如家，不是外人，不必评我；其二，我是冲着读书来的，不是冲着先进来的；其三，我应当感谢图书馆，而不是让图书馆来感谢我！"

三条理由，说得头头是道。我很佩服他的境界，也很赞同他的观点，因而迈步出门，握住他的手说："对，咱是自己人，不评了，评别人！"

他说声理解万岁，哼着小调走了。自此，他常跟我说"咱是自己人"，这句话似乎成了他的口头禅。

安康人周末读书会成立后，每周六上午在二楼会议室举行阅读分享活动，老涂不仅每次都参加，而且在扫地、烧水、擦桌椅等志愿服务上表现积极，受到广大书友的一致好评。但是，半年之后，读书会便有人向我反映，说老涂近来爱发言，老跑调，不受时间约束，令人相当反感。他们希望我管一管，最好不让他进入读书会。

当周的星期六上午，我来到读书会，通过观察发现，老涂在别人发言时爱插话、好指正，原因是他把《平凡的世界》认真读完、真正读懂了，所以容不得别人说错观点、说错情节与细节。但他的严肃纠正，又与各抒己见的交流气氛不符，弄得人家很是别扭。更严重的问题是，因为他自己对那个时代的城乡生活很熟悉，一说开就联想，一联想就拉长，兴奋起来根本不听主持人劝阻。还有一个严重问题是，他教过中学语文，善于分析作品，一旦谈及主题思想、人物形象、语言特色等专业问题，便是古今中外混杂，人们自然反感。

弄明情况后，我提示他：咱是自己人，是来服务的，是来听读者交流发言的……没等我说完，他就认错了。从此，他只听不说。有了想法就写出来，因此养成了做读书笔记、写心得体会的习惯。

今年元月份，他连续一周，天天向我道别，说是要陪母亲回江西老家过年。可是，流通部的孙主任却说，他母亲决定叶落归根，回去就由侄子负责养老，不会再来了。那么，老涂是否一去而不复返了呢？我当下心中一紧，有点舍不得他了。想了想，就请孙主任去问他：本届"优秀读者"奖是否给他评上？孙主任过去一说，他先是愣了一下，继而嘿嘿笑道："好呀，留个纪念呀！"看来，他知道此去将不再回来了。看来，他很在乎图书馆的阅读生活。

可是，半年之后，他又出现在图书馆，出现在阅览室，出现在各类阅读推广活动中。有人问他咋又回来了，他嘿嘿笑着不做回答。

今天早上，我到阅览室例行巡察，他从书桌后站起身来，说了咱们这儿人太拥挤了、咱们这儿又有三本书被人弄破了、咱们这儿有两个老读者接打电话声音过高等几个问题。听着这一声声"咱们"，我在想，他已经把心交给图书馆了，他已经真正成为"自己人"了，他此生可能离不开这儿了！

父亲读书

父亲是个文盲，却酷爱读书。

他20岁那年，新中国成立，他的命运因此发生了翻天覆地的变化。当他由一个上无片瓦、下无立锥之地的长工，变成了有地、有房、有家的一家之长、合作社社长时，青春的热火激荡得他浑身都有使不完的劲。因此，他便用劳力、劳动去拥抱这个崭新的社会。正因为劳力好、劳动好，他当上了劳动模范，光荣地加入了党组织。入党宣誓前，合作社党支部书记让他在志愿书上签字，他说不会。书记笑了笑，替他写了姓名，让他摁了手印。活动结束，临走时，书记送他一本《中国共产党章程》（简称《党章》）、一个牛皮纸封面的笔记本、一支钢笔，吩咐他："使劲蛮干是对的，但不光要蛮干，你得学文化、学政治、学理论，这样才能干得更好，进步更快。"

回到自己所在的生产小组，他白天带领社员劳动，晚上参加扫盲夜校，学了两夜，却学不进去，一坐下来就打盹。支书听了别人的介绍就刺激他："你刚入党，就不听党的话了吗？入党誓词咋说的？入党宣誓忘了吗？"

"这个……坚决不能忘，绝对不会忘！"于是，他当晚请人教他，硬是用一个通宵学会读、写、背入党誓词。说来也怪，他连天、地、人都不认识，连自己的名字都不会写，学起这个却见效很快。

从此，他就用这几句话作为自己的文化学习、政治学习的内容，不仅时时默诵，而且处处对照。年底，乡上来检查扫盲工作，他在黑板上默写出入党誓词。扫盲专干一看，这还了得！马上将他作为脱盲典型，整理材料上报。于是，这个能将入党誓词倒背如流的先进典型，便成了支部发展党员的领誓人、党课的讲课人。每次带领新党员宣誓前，他都亲手用粉笔将入党誓词工工整整地写在黑板上，然后字正腔圆地朗诵。是的，他不是照本宣科地领读，而是声情并茂地朗诵。次数越多，领会越深，感情越深。从第三次开始，每次他都是热血奔涌、热泪盈眶。

组织上看他党性强、觉悟高，对党赤心忠诚，就决定让他当党支部书记。乡党委书记来谈话，征求他的意见，他说"执行党的决定"；问他工作打算，他说"对党忠诚，积极工作"。书记十分感动，伸出双手握住他的双手，使劲摇了几下，二人摇得亲如兄弟。

书记临走时，送他一本《党章》，两个本子。本子一大一小，大的是党支部会议记录本，小的是工作笔记。他问这是干什么用的，书记说大的让他在开支委会、党员大会时作记录，小的让他记录日常工作事项。他问别人记录行不，书记说可以，但得你看了之后签字。他犯难了：当了支部书记，不学文化不行了。

他又问《党章》是干什么用的，书记说是供支部、党员学习和践行的，尤其是支部书记要带头学、带头讲、带头用。他想，这下不仅要学文化，而且要把文化学好。

本组扫盲已经结束了，他就参加第三村民小组的扫盲学习，每天晚上都打着火把赶夜路，到 6 公里外去上夜校。三个月下来，360 个生字他一字不落地会认、会写、会用了。毕业那晚，回到家里已经是半夜，他兴奋得睡不着，把《党章》捧在油灯下，从头至尾通读了两遍。虽然有 39 个字不认识，但其意思多数能够理解；虽然有 11 个词的意思不太明白，但不影响他对全文及各个章节精神的领会。

第二天晚上，他跑到乡政府，找到文书，捧出《党章》，请求人家给指认生字、讲解词意。待自己会认字、知词意后，又让文书给朗读了两遍。他边听边读，边听边记，返回时，又在路上默诵了两遍。之后几个夜晚，他把群山、森林、田地当会场、当听众，用上党课的方法一遍遍地讲解。他就这样反复阅读，反复领会，反复默讲，反复默记，下了半个月的苦功夫，终于将一本《党章》滚瓜烂熟地背了下来，并能文字、标点符号一个不错地默写下来。

人民公社化运动那年，他的身份刚由合作社支书变为大队支书，上级一纸公文，任命他为公社党委委员、武装部长。临走时，他给支部班子做移交，大家发现，那本《党章》，被他画了192个圈圈、点点、杠杠。于是，有人开玩笑：你到公社当领导了，就给我们找一本新的供大家学习，这一本让我们存在大队部做史料吧！

他当公社领导那些年，为了干好工作，他的挎包里经常放有书、本、笔和煤油灯。那灯是用墨水瓶做的，煤油装在一个小小的拧紧盖子的军用水壶里，灯捻用一小块塑料布包着，整个灯具是用一个塑料袋子装好、扎紧，放进挎包的。这样，下村入户，无论借住谁家，都不占用别人的油灯，却能随时随地夜读。不过，那只印有"红军不怕远征难"的黄挎包，自此有了很浓的煤油味，再也没有我所喜爱的糖果香了。

他白天总有忙不完的活儿，晚上无论多晚，他不读书就睡不稳觉。

退休那年，我和姐夫帮他搬东西，所有办公用品不动，自己只扛走卧具、洗漱用具、衣物和书籍。他的书几乎都是政治读物，且有《毛泽东选集》《马克思选集》《恩格斯选集》《列宁全集》等不少套书。我边收拾边翻看，发现每本书、每一页都有圈圈点点，不少地方还有批注和心得、提示。毛泽东的《为人民服务》标题边，他写着"本月每天起床前读一遍，睡觉前读一遍"；《实践论》的页眉上，他写着"一周内熟读，一月内熟记"。看到这儿，我对曾是文盲的父亲肃然起敬。

当月，我参加工作。临走那天，父亲把两口炸药箱改成书箱，装入《资本论》《列宁全集》《毛泽东选集》《毛主席语录》《毛泽东诗词》和《党章》等政治读物，亲自挑上，送到我工作的茨沟区景家乡政府。

次月，他这个退休干部又接任了村党支部书记，重新挑起20年前的担子。上任那天晚上，他邀集支部委员和村委员、团支部、妇联会、民兵连、村林场负责人召开支委扩大会，头一件事就是组织大家学习《党章》。

因为乡上找不到合适的接班人，他又干了15年的村支书，彻底退下时，培养出了接班人，也把身体累垮了。他从村部办公室搬回家里的东西只有书，三大纸箱，106本。他用一只大信袋单独包装的，是三本翻了又翻、画了又画、不同版本的《党章》。

父亲临终前，双唇不时嚅动，口中念念有词。别人不明白，以为他要交代什么却因病痛而无法表达。但我知道，与病魔抗争的父亲，定是在默读着、背诵着他心目中最有精神动力的书。我俯耳聆听，似乎听到了"对党忠诚……为共产主义奋斗终生"的铮铮誓言。

二爸的书箱

直到参加工作，我才得以登门拜见二爸。直到打开他的书箱，我才走进他的精神世界。

1985年，我一当上县广播站的新闻记者，就争取了一个去叶坪区采访的机会，才有了去见二爸的便利。

那时，县以下有区公所、乡政府、村委会三级基层政权。我老家和二爸家虽然都在安康北山，但因不通公路，来往不便。记忆中，二爸到我家来过两次，是翻山越岭走小路，背了馒头做干粮，步行四天才到达的；我父亲也到我二爸家去过两次，是搭便车去安康城住一夜，再乘班车到大河镇住一夜，然后步行一天半，才到叶坪区马坪乡屈家河村第二村民小组的二爸家。

我这次来也不容易。头天搭乘县委领导的车，跑了一整天才风尘仆仆地来到叶坪区公所；次日上午紧赶慢赶地忙完了采访任务，下午领导们在区里继续参加"三干会"（区、乡、村三级干部春训会），我请了半天假，请区广播站的小柯骑了摩托车颠簸两个小时把我送到马坪乡政府所在地马坪街，他又请乡上驻村干部小刘领着我步行一个小时来到二爸家。天快黑了，小刘水都没喝一口、气都没歇一下，打个招呼转身就走，而二爸一家看到两个干部模样的年轻人推门进屋，一时不知如何招呼。

坐了一会儿，眼睛适应了土房里昏暗的光线，我才看清，围在火炉边吃晚饭的二爸一家，共有 5 口人：他和二娘，还有已成人的大姑娘、上初中的二姑娘和一个上小学的男孩。

重新做了晚饭，我们围在火炉边，边吃腊肉土菜，边喝拐枣土酒，边聊家常。这时，我才明白，二爸是三岁那年与我父亲分离的，当时因为爷爷去世，奶奶被迫改嫁，我父亲被送给邻村的亲戚，我二爸被一远房亲戚送给了远在叶坪的另一个亲戚。自此，亲人分离，我父亲找了十几年也不知他的妈妈、弟弟在哪里，只从旁人口中得知包河、叶坪两个大地名，再问谁都问不出他们落脚的小地名。直到新中国成立后，父亲参加工作、脱了盲，能写信了，才几经周折，查找到了亲人的下落，又用省吃俭用积攒下的钱，跑了东西两条山路，才见到了生命中最渴盼见到的两位亲人。

而二爸的书箱，正是从我父亲到来的那天开始建起的。

那天傍晚时分，父亲刚走到二爸家门口的院子边，兄弟二人远远望见，各瞅一眼，就认了出来。他们二话没说，丢下手中的东西，像小孩儿一样扑到一起，抱住就哭。

那次，父亲给二爸带来的礼品中，有手刻油印版的《农民识字简本》《农民扫盲作业本》和一本正规出版的《农谚》、一本红纸黑字的《农历》。父亲让二爸学识字、学文化，二爸说不会、不学、学不进去。父亲说识字了就能写信，就能读信，兄弟俩就能"见字如面"。二爸笑了，表示愿学。那两天，二爸向生产队长请了假，没出工，说是陪我父亲，其实是在跟我父亲学识字。三天三夜，教材上的字二爸基本会认了，不好认的都被标了动植物之类的记号，我父亲才放心告别。

临别时，天没亮，父亲边吃早饭，边在油灯下告诉二爸：《农谚》里的内容，都像"头熟荞麦二熟菜，三熟的萝卜好吃得怪"一样，是咱日常挂在嘴上的现成话、顺口溜，所以既是咱生产生活、为人处世的好帮手，又是咱识字、学习的好助手。《农历》既有阳历、农历对照的日历，又有节气、农事的说明，还有生活常识、文化知识。这些书既能指导我们把生产、生活盘明白，又能帮助我们学文化、学知识，有助于我们当个对他人、对社会有益的人。

二爸把这些书及父亲给的本子、铅笔收起来，让二娘把陪嫁箱子腾出一角，郑重地保管起来。

那天黎明，兄弟二人话别十里山路，约定一件人生中从未有过的新鲜事：每月至少通信一次！

就这样坚持了三年，二爸写的信，由头一次的"哥好，我也好"、第二次的"你的信我收到，这是我给你写的信"之类的一两句话，到第二年的能叙事、说理，到第三年的叙事、抒情、议论并行，基本达到小学毕业水平。从这一年秋季起，他们开始交流读书体会。

由父亲写给二爸的信中可以发现，这一年，他读了《毛泽东选集》《人民公社好》等6本书，并把这两本书连同一本《新华字典》寄给了二爸。

从此，二爸有了专用的书箱，就是二娘陪嫁中被他全家最看好的那口棕箱。

那天晚上，首次看到二爸的书箱，我目瞪口呆，久久不语。

这口棕箱二尺高、二尺宽、四尺长，里层夹的是香樟木板，木缝压的是樟脑丸，打开后冒出一股冲鼻的药香。很明显，这是旧时大户人家放置贵重衣物的箱子。

如此贵重的物品成了二爸的书箱，二爸就将它放置在客房兼书房后墙窗边的书桌左角，且用一床破旧的粗布搭在上边挡灰尘、避光照，还用一把铜锁将其整天锁上，连家人也无法打开。

那天晚上，二爸陪我睡在客房，目的是聊这山水相隔的思念、时空难隔的亲情。我们披着棉衣、偎着棉被、靠在床头，话题十分杂乱地热聊着。聊到鸡叫三遍，聊开了书信、读书和学文化，二爸嘿嘿一笑，翻下床，他把酒瓶做的煤油灯，换成了有玻璃罩子的台灯，在明亮的灯光下，轻快地打开了铜锁，缓慢地掀开了箱子盖。

我披衣下床，看到了里边的内容：

39本图书，有36本是我父亲寄给他或送给他的，里边有赠言、签名和日期；

31本《农历》，除了第一本是我父亲送的，其余都是他自己买的，每年一本；

那本《新华字典》，已经旧了，破了，72处用纸补着，上面还有二爸补写的原文；

191封书信，整整齐齐地装在信封里，压在字典下，放在箱子角。除了我的6封、二姐的3封、大姐的2封，其余都是我父亲写的……

我取出那本二爸提得最多的《农谚》，就着桌上的煤油灯和窗外透射的月光，轻轻打开这本他已修补了多次的旧书。

当我看到第一页的两个问号、两个叹号时，二爸解释："头一个问号是这个'播种'不认识，第二个问号是我以为人家把'收割'写错了。后来弄懂了，就有了这两个叹号。"

当我看到第9页的"雁子"边画了个鸟头时，二爸解释："雁子低飞蛇过道，大雨即将要来到。那时老是记不住这个

'雁'，就画了只雁子。"

当我看到第 16 页的左上角有铅笔写的"五九六九，阳坡看柳"时，二爸解释："书上写的跟我们这儿说的不一样，我就把我们这儿说的写在这儿。"

当我看到第 31 页的标题边，写了"队长""文人"和"九月初一"几个关键词时，二爸解释："那天，大队长来我们生产队开社员大会，先是让我宣讲了《科学养猪》，后是选举我为生产队长，还说我有学问、懂农事、知书达理、威信高，是乡间文人。"

我正翻看着，二爸正讲解着，二娘喊吃早饭了。因为我昨晚已经与他们约定，今天必须赶在九点前回到区公所。

从这天起，二爸的书箱就成了我记忆深处最有温度的所在，成了我们家族老少皆知的励志故事。

今天，当我想起二爸的祭日，便又想起了这口书箱、这个故事。

书香使她柔情似水

因为遇到她，我看到了法官的柔情。

而这柔情，来自书香。

元旦的正午，安康阅读吧挤满了读者。在窗外看到这一美景，我便立即开门进来，期望与可以聊的人随便聊一聊，了解一下他们为何放假不休息而来看书。

与三个成年人聊了，都说因为喜欢读书，有点官腔，缺乏趣味儿。

第四位，是个清瘦的小男孩儿，他手捧绘本，坐在桌边，偏着头，眯着眼，专注于看书。我问他咋不跟大人在家里玩，或者外出玩耍，他一本正经地回答："家里没人玩，因为爸爸要加班，妈妈要到这儿来，所以就来陪妈妈读书。"

顺着他手指的方向，我看到一位红衣女士，正蹲在墙边那排书架旁，双手麻利地收拾着图书。

我进来时，她就这样蹲着。起初，我以为她在选书。我在与人聊天的间隙，细看了几眼，才发现她是在整理图书。

我轻声询问随行的流通部主任："是志愿者吗？"孙主任摇头。另一位工作人员悄声接话："是个读者，但她习惯于边找书边整理，包括随手整理卫生，挺自觉，挺自然的。"我点头称赞，心生敬意。

孩子见我们在议论他妈妈，就轻声喊了声妈妈。她抬起头来，见我在翻看孩子手边的图书，就微笑一下，解释道："凡是要借走的，我都按你们的规定办，一次最多只借两本。这几本是我们娘儿俩今天的到馆阅读任务。"

哦，她认识我，知道我是图书馆的工作人员？

她说："知道，你是馆长。昨天在电视上见过，今早8点钟又见你在馆门口迎接读者。"

对，8点至8点半，我在馆门口迎接新年第一天的到馆读者，并向他们赠送节日礼品。因为人多，我没记住她。

他们选择的图书是4册绘本，母子二人要一道看完，至少需要3个小时。

她看懂了我眉宇间的问号，解释说："我们母子俩同读，挺快的，2个小时就能完成。"

对，我赞赏这种方式！看绘本，亲子阅读，效果更好。尤其是在认字、析意及"看图说话"上，定会因大人的陪读、导读、助读，而提升孩子的阅读效果。

她说："我也只是双休日、节假日和下班后才能挤出时间陪他读书，单位工作忙得要命。"

这时我才知道，这个每次来都要做一会儿公益的美女，已经与儿子在这里阅读一年多了。

她说："安康阅读吧开办得好，因为智能化管理、24 小时运行，让读者随时进出、自助借还，十分方便。所以，开馆当天我们全家都办了读者卡，方便随时来看书。"

她说："当天晚上，我就领孩子到这儿来，教了他自助进出、借还图书的方法，以及电子读物的读取技术，他就随时可以来了。"

她说："我和孩子是互为陪读。平常的夜间是我陪孩子读；节假日是孩子陪我读。"

静静的、随意的闲聊之中，我得知了三条信息：

其一，这里是她的业余生活之家。她叫李颖，是市中级人民法院的审判员。作为一名青年法官，她把个人素质的提升放在业余生活追求之首。因而，她最大的业余爱好就是读书，最好的休闲去处就是图书馆与安康阅读吧。

其二，这里是他们家的生活驿站。因她在江北上班，丈夫上班和孩子上学在江南，住家也在江南，且孩子下午 4 点放学，大人下午 6 点下班，他们便把回家的会合点选在位于江南城市中心的安康阅读吧。孩子放学直接来看书、写作业，她和丈夫下班后也到这里来，谁来得早谁先接孩子回家。

其三，这里是她儿子的成长乐园。这个名叫乐乐的小学二年级学生，一年间在这里读了200多册绘本，知识面和表达、写作能力大增。同时，交了上十来个爱读书的小伙伴，为人处世与社交能力大为提升。

这三条信息，让我不仅得知他们的温馨小家是个书香之家，而且使我看到了家庭阅读的好处与前景。

我诚恳致谢，为有这样的书香之家。

她却感谢我们，为有安康阅读吧这样好的读书环境。

她声音温柔，话语流畅自然，似乎流淌着缓缓的书香；她笑容灿烂，表情语言丰富，浑身洋溢着"腹有诗书气自华"的风采。

为此，我向她表态：马上采购一批绘本，满足孩子们的阅读需求！

我向她透露：市政府已经决定，在中心城区兴建20个这样的24小时自助书房，让市民们能够更便捷、更舒适地享受阅读之乐！

我向她介绍：本馆将把今年的阅读推广主题定为"倡导家庭阅读"，通过创建书香之家，助推书香安康建设！

听了这些，她扬起笑脸，声音柔柔地说着好，道了一声谢。

　　从她那温柔又温暖的目光中，我看到的，不仅是袅袅升腾的书香之气，而且有润物无声的书香之力。

书香与饭香

几乎每天下午六点左右，我都会看到本馆阅览大楼西侧墙边上演的情景剧：母子三人围着一辆摩托车吃饭、读书。

今天稍早，下午五点半，我起身沏茶时，抬眼从办公室的窗口望见了楼下的院子，看到了那位年轻的母亲。

她上身穿的黄色外套，是美团外卖的工装，色彩抢眼。高挑、挺拔的身材，像个军人，永远干净利落。只听一阵摩托车声响，那辆大踏板的摩托车便被她轻巧地骑到墙边，车头一扭，就稳稳当当地停在窗台下边。

她身子一转就下了车，头盔朝车头一挂就转身走了。

不一会儿，她便从前院领来两个孩子。

我知道，这是常在本馆门前24小时自助阅读吧读书的两个小学生，女孩上四年级，男孩上二年级。学校下午四点放学后，不到十分钟，姐弟俩就背着书包，手拉手地走进了阅读吧，先做作业，再看各自喜欢的图书。

有一天，市长来视察，看到这两个小学生正在做作业，便问我："他们咋不回家，在这儿写作业？"我回答："周边小学、初中都是下午四五点放学，而孩子们的父母是六点以后才下班。所以，家里没有大人的学生，不少都选择到图书馆以及阅读吧来待着。"市长正点头沉思，局长接着介绍："这里有桌椅，有空调，有水电，有阅读氛围，而且安全有保障，是孩子们读书、学习的理想场所。"市长听后，点头笑道："图书馆在学校与家庭之间，弥补了一个真空地带，做了一件有益于学生成长、成才的好事，做了一件有益于教育发展、社会进步的善事！"

此事经过媒体报道以后，产生了强烈的反响。此后，在中小学下午放学后到晚饭期间，市、区图书馆和阅读吧、各类分馆人满为患，一度引起成年读者的不满。令人哭笑不得的是，有些带小孩的妈妈、奶奶、保姆，也抱着一两岁的小孩子挤进了图书馆。

在那段艰难劝导的日子里，听说这对姐弟不来了，我还有些操心他们。

不久，秩序好了，他们又来了，而且他们母亲的身影也时常出现。

我听流通部的馆员说，那位母亲着实不易，为了照料孩子的学习、生活，她辞去了在外地的企业财务工作，回来选了一份苦差事——送外卖。其理由是：靠力气挣钱，成本低、见效快，还有时间支配上的自由，方便接送孩子上学放学，并能照料孩子的学习、生活。

我得知，他们是从农村进城来的，目的是追求更好的教育资源和学习效果。但因家庭条件有限，便只好租居在郊区。这女子便和丈夫做了分工：她挣钱供养孩子上学，维持这个小家庭的生活用度；他挣钱赡养父母，并争取在五年之内进城买房。由此，我对这位年轻的妈妈十分敬佩，并多次向人讲述她的创业故事、她的战略眼光。有人发问："她创的什么业？"我说："养儿育女是她的大业，以身教子是她的伟业！"

我得知，她和孩子们的作息时间是这样安排的：早上七点前，吃了自己做的早餐，她就骑车送孩子们到兴安西路阅读吧；然后，她去送外卖，孩子们在此读书；八点前，孩子们自己走到三百米外的学校；中午，她把午餐带到校门外的梧桐树下，一家三口急急吃了，孩子们到教室去休息或者学习，她去送外卖；下午，孩子们放学后就到兴安西路阅读吧来，做作业或者读书；下午六点左右，她把晚饭带来，一家三口在图书馆阅览大楼西侧墙头下共进晚餐（她之所以选择这里，是因为上有雨棚，下有台阶，并且避风、安静。据说，这是她找了好几个月才选定的）；晚饭之后，孩子们又进阅读吧读书，她去送外卖；晚上九点前，她来接孩子，一辆摩托车，一家三口，说说笑笑地回家去。

她说，这样的日子过得很规律，她和孩子们感觉很好，她的老板和客户也很尊重、很习惯她的这种作息安排。

她说，这种规律性的生活，对孩子们的成长很有好处。以往，把孩子丢在老家靠爷爷、奶奶带，自己和丈夫外出打工，孩子们不但缺失了父爱、母爱，关键是缺失了文化教育和德育、美育。现在，孩子们不仅有了好学校和好成绩，而且身心健康。最让她高兴的是，孩子们的知识营养十分丰富，每周能读十几本书，知识面宽了，理解能力强了，比同龄人显得成熟！

今天，我看到的一家三口其乐融融、共进晚餐的场景，不仅证实了她所说的话，而且让我羡慕起他们的美好生活。

你看，孩子们多懂事呀！一走近摩托车，女孩就从后备箱里取出一块塑料布，平平展展地铺在窗台上，先把自己的书包放上去，继而接过弟弟的书包放上去。男孩从口袋里掏出餐巾纸，先给妈妈、姐姐发了，再到水龙头前打开自来水洗脸洗手，又取一张餐巾纸擦脸擦手。妈妈把坐垫一翻就变成了小桌子，铺上塑料布就成了桌布；然后，从后备箱中取出三个大小不一的保温桶，姐弟俩一人半桶米饭，外加两盒炒菜。而她的是桶玉米稀饭。听说，她的胃不太好，每天以流食、素食为主。那么，她为何有如此健美的身材、如此饱满的精神？据说，这与她的辛勤劳作、风雨奔波和有规律、有亲情、有乐趣、有奔头的生活有关。

男孩吃得快，三下五除二吃完，就掏出一本书，翻两页，合上，仰头背诵。

女孩吃完后，收拾了姐弟俩的保温桶，到水龙头下清洗了，装进后备箱，然后拿过弟弟的书，指导他背诵。

女孩见妈妈也吃完了，便接过妈妈的保温桶去清洗。妈妈从后备箱取出水壶和一次性水杯，给每人倒了一杯热水，三个人边喝边聊，发出阵阵笑声。

男孩从书包里拿出两册绘本，在妈妈面前摇晃。封面发光的条码显示，这是从阅读吧借来的。妈妈翻了一下，停在中间一页，用指尖指点着。男孩看了一眼，似乎没有看懂，便抬头向姐姐求助。姐姐接过书，讲解着，边讲边看看弟弟。

妈妈收拾好摩托车，向孩子们交代了几句，就骑着车子笑嘻嘻地走了。

姐弟俩收拾好书包，朝着阅读吧方向走去。弟弟边翻书边走路，姐姐拉着他的袖子，一边走路，一边说话，像个小老师。

看着这一家三口相继远去的背影，我想，他们是充实的，是快乐的，是幸福的。

他的书山他的书

与他相见，在高大巍峨的凤凰山上。

与他相交，在顶天立地的书墙之下。

因朋友相邀，我们乘周末的休闲之机去凤凰山林区，陪伴一位退休老同志爬山、登高、晒太阳。一出城，我们便把导航设在了"南山云见"。这是一趟十分不便的郊游，从恒口下高速，走村道，爬山道，在村庄里七转八拐，在山林中左盘右旋，直到混凝土道路的尽头，才达目的地。我问为啥跑了这么远，召集人袁女士说是因为有趣。我问请客吃饭需要客人如此费时吗，她说到此不仅仅是为了吃饭。

这话，便使我们置身的密林有了仙境的意趣，更使我们的问答有了禅的味道。

正笑闹间，听到一声"李老师"，便见年轻、帅气、一身汉服的诗人杨麟来到身边。我问他咋在这儿，袁女士说他是老板。

我当下蒙了。一个那么浪漫的青年诗人，怎么退隐山林当起了民宿老板？

杨麟笑而不答，只是一个劲儿地招呼客人进院子，说是茶已沏好，还有山果等候着。

进了土墙、瓦顶、木廊、石阶组成的开放式大院，老少客人均被这古色古香伴现代气息、农耕工具配时尚用品的精巧组合而折服。而我所叹服的却是飘散于花香、木香与酒香、菜香之外的满院书香。

杨麟见我不时瞅客厅的内置照壁，就使了个眼色，引我入室。

照壁正中有其店名"南山云见"四个大字，苍劲、古朴，见落款是"杨麟"，我大吃一惊："你还是个书法家呀？"他轻声笑道："少小写诗，难免年少轻狂；习书练字，有益怡情养性。"我点头望他，实为刮目相看。

从照壁东侧进入，东墙悬挂的四扇屏古风扑面，其间山水既有古人风格飘逸的写意，又有今人钟情生态的写实，其天高云淡的诗意与山重水复的乡愁融为一体，别具风韵。一看落款，又是杨麟，我又吃一惊。见我忽而看画，忽而看他，他便含笑轻答："不想成名成家，只为怡情养性养诗。"

古代文人追求的诗、书、画三才兼备，在当代青年诗人杨麟身上得到了如此充分的体现！因何？为啥？不会仅仅是他所轻描淡写的"养诗"吧？

转身之际，目视西墙，更受震撼！这上顶的、高大、宽阔的书墙，立马让我因仰视书山而仰视主人。

我缓缓走近，慢慢伸手，抚摸着一排排中华文化经典、国外文学名著和一本本获茅盾文学奖、鲁迅文学奖、柳青文学奖等奖项的当代佳作，还有本省、本市文友的著作。当我的目光盯住了杨麟的书时，心弦再次震颤。

在并不醒目的位置，杨麟的诗著格外引人注目。一个生于1983年的青年诗人，在诗人都不太读诗的年代，竟然出了这么多诗集，真是安康诗坛之奇迹！

诗集《当一切暗下来》，作家出版社2005年6月出版发行。

诗集《词语的暴力》，中国文史出版社2008年1月出版发行。

诗集《我几乎只看见光》，中国炎黄文化出版社2015年4月出版发行。

诗集《石嘴河的黄昏》，九州出版社2018年4月出版发行。

看了这些，我又问："你当年在师范上学时，就是一书成名的少年诗人，那本诗集呢？"

他说没了。

"那本著名的情诗集《红色的心》呢？"

"没了。"

"那本青春四射的《杨麟五年诗选》呢?"

"没了。"

"还有,你们几位青年诗人的合集……还有,你的散文集呢?"

"没了。"

没了,也就没了。他回答得淡然、淡定,不拖泥带水,不依恋,不怀念。

见我因其藏书缺了他自己的书而可惜,而叹息,他宽慰道:"书不为作者自拥,而广泛分散到了读者的手上,应该是件好事。"

一语点醒梦中人!

此语正合我意!

身为图书馆馆长,这正是我的追求!既希望各级各类图书馆的藏书能为广大读者所读,又期盼公私藏书都能飞到各位读者手中。书是供人阅读的,读者拥有书,才是书的价值所在!

为此,我恭贺杨麟"断书"。

为此,我为杨麟在凤凰山的半山腰上营造的这座书山而感动。

于是,我建议他把这供大众阅读的书舍取名"伴山图书馆"。

他的意思却是：伴山伴人均好，只要有益于人，无名亦可。真要命名的话，"静养"便可。

他说："因寄情山水而到此休闲的人，是为静度慢时光而来的，无论半天整天还是三五天，不管工农商学仕，只有茶香、酒香定然不足，唯有书香最能让人静心静身静养。"

我环视室内外，看到了茶几旁读书的美女、藤椅上翻书的童子、门墩上阅读的母女、院子里倚树看书的帅哥，就连我们所陪的老领导也在翻阅杨麟的诗集。

我和杨麟立即出门，来到老人身边。我主动介绍："这是老板——诗人杨麟。"

杨麟补充："这是我的业余生活，平时在企业上班，节假日上山，既打理店子，也打磨自己。"

有人打趣插话："办个民宿，是为挣钱出书？"

杨麟笑对："养心养性养诗。"

老领导听了这话，竖指点赞："年轻人，情趣高雅，志向高远，很好！"

接着，几位老者要参观住宿用房。

踏上木梯，登上木楼，看着木床上的传统棉被和室内的现代化空调、卫浴等配套设施，老领导拿起床头柜上的《平凡的世界》，推开木窗，遥望山林，缓缓落座，自言自语："有一屋一床和一窗天地，有一书相伴和一院书香，我想，我会住上三五天的。"

下楼后，人们伫立于书山之前，许久许久。

开饭时，人们带上了杨麟的诗集和鲁迅、艾青、贾平凹的书，还有本地作家的著作，共 11 种 16 册。

杨麟的脸上，弥漫着书香。

室内、院内和园中、林中的客人，都沉浸在这满屋满园满山的书香之中。

书是她的爱

她爱读书的故事，在安康新闻界广泛流传。我亲眼所见的精彩片段，说来能写大半本书。

有次在紫阳县采访，数十名各路记者，受县文广局之邀于农家乐共进晚餐。别人忙着敬酒与笑闹，聊天或交流，她却不时侧着身子，去瞅几眼拉开一半的小坤包，时而皱眉，时而浅笑。局长不解，扭头问我："她在偷看录像？"十三年前，那时虽有手机，但无收看影视功能。看录像，需录放机，但也不至于那么小吧？我对局长说声找她议事，便来到她的身边，朝那坤包一指，她便拉开一点，露出一本书。我悄声问她："有这么偷偷摸摸看书的吗？"她反问我："人家热情招待，大家热闹相聚，我若在这儿公开看书，岂不大煞风景？"

有次在黄洋河拍摄电视诗歌，她把一切调度顺当，大家忙了起来，她却如闲人般坐在岸边的麻柳树下看书。一个小时后，这边活儿干完了，徒弟过来喊她转场，沉浸于书中的她被喊声惊吓，猛地站起来，但因坐得太久，双腿发麻，身子猛抖一下，眼见就要倒向河里，徒弟一头扑过去，把她拉住。她却不领情，冷不防地推了徒弟一掌："你拉我干啥？书，书，咋不救书？"徒弟一头扑入河中，猛游十几米才抓住那书，但因用力过猛，把被水泡湿的书页抓破了几张。她又发火："看你笨的！"徒弟不解，闷闷不乐地跑来问我："她今儿个吃了什么火药？"我哈哈一笑："当人迷入书中时，书比人还重要！"

有次坐火车去西安采访文化名人，刚刚上车坐定，就来了个县里的领导，他见到我们，就站在过道上聊个不停，弄得我们都陪站。徒弟知礼，赶紧让座，那人便与我并排，坐在她的对面。我们有一搭没一搭地聊着，另一人也时不时地应付几句。她却根本不望我们，目视窗外，如在无人之地。半晌，领导在我耳边轻声发问："她是否信佛？"我一惊，望她一眼，又望一眼领导，并用目光反问他：咋说她信佛呢？领导轻声说："你看她，面无表情，双目似睡，口中念念有词，定然是在念经！"我笑了，问她是在背诵唐诗还是宋词，她说是《道德经》。领导"啊呀"一声："当播音员的，把稿子好好儿念好就行了，还背什么书呀！"她告诉他："十年前刚一入行，就因为有人说了这句话，我才下决心要好好读书的！"

领导把这一见闻当作励志故事，回到县上后到处宣讲，并以此教育该县的广播电视播音员："你们不光要有好脸蛋，还要有好本领；不能只当花瓶，还要腹有诗书。只有像她那样刻苦读书，勤奋学习，努力提高，才能成为既好看又能干，更出彩的播音员、主持人！"

自此，她那爱读书的美名传遍全市。后来，我又听到一些别人讲述的故事。

同事王希平说："要不是她读书多、知识广、善应变，这次到西安采访文化名人就会泡汤。"那次，他们刚在一个会场边的休息室里采访完著名作家高建群，好心肠的高老师喊来到此抽烟的另一位知名作家，向双方做了介绍，便推荐道："他到过安康，写过安康，几十年来写了不少！"但那作家一听是小地方来的小记者，就不情愿，但又不明拒，吐了口浓浓的烟雾，扭着腰身，用关中方言慢慢说："昨天到省台去接受访谈，嘿，谈啥呢嘛！那美女脸上有色，肚里没货，根本谈不了文学嘛！后来一问才知道，她既不搞文学，也不懂文学，唉，胡扯淡呢嘛！"她听后却笑脸相迎："我也不搞文学，不懂文学，但我很爱阅读文学作品，比如您的第一本书和上个月刚出版的新书，我都读过。"那作家连自己的第一本作品集是何时何处出版的都忘了，没想到这个不约而见、首次会面的女记者却记得十分清晰。于是，二人坐下便聊，一聊便是一个多小时，摄像师趁机拍摄下来，便是一期声情并茂、血肉丰满的好节目。为此，那位同事感叹道："没文化，真可怕；有知识，走天下！"

一天傍晚，在香溪洞公园步道散步的诗人李爱龙，因为没带雨具，被突然降临的大雨淋得仓皇奔逃。但在奔跑中却听到，前边有两位女士在从容不迫地边走边对诵《诗经》。他跑上前去，擦一把脸上的雨水才看清，是她和安康学院教授王英。因是熟人，他便大吼一声："你们是有病呢，还是不要命了！这么大的雨，咋还在这儿悠闲地诵诗？"她笑道："你这诗人都跑成了'湿人'，还不如与我们一道背诗。"李爱龙后来给我说："虽然我爱写诗，爱读诗，也多次看过《诗经》，但背不下来。由此，十分佩服她！"

今天，我捧读她的新书《文化名人与安康》，回想她从读书到出书的递进过程，便得出一个结论：因为爱书！

书是她的药

　　朋友圈中出现了她的一组照片，构图精巧，画面唯美，一看便知是有精心设计的专业摄影作品。

　　第一张，她坐在长安河北岸桥头的长条木椅上，将徐志摩的诗集《再别康桥》抱在胸前，仰望苍穹。远山近水是绿，天空大片白云，橙色的木椅上，她着一袭白裙，拥一本蓝书，这巧妙的色彩组成的诗情画意，似乎在说：读书，让我拥有诗与远方。

第二张，她匆匆行走在大秦岭的小路上，左脚方落，右脚又起，弯起的左手捧着一本《宁陕县志》，摇晃的右臂奋力甩动着。一个行进者，以她手上的道具向人宣告：青春是用来奋斗的，奋斗者是需要读书学习的。

第三张，她站在乡间一座土房子的土墙边，身后是木头与竹片组成的窗格，窗纸上贴着一幅山鸡造型的剪纸画；身边的土墙布满裂纹，还有几个小洞。但她十分淡定地读着一本《中国通史》，并以自信的神情向世人宣称：山鸡若想变成金凤凰，除了读书，还是读书！

第四张，她靠在一堵砖墙上，墙上贴着一组宣传画，名曰"国学经典阅读画廊"，每个画面均由每本书的封面、简介与作者画像构成。她手抚其中的《道德经》，仿佛以深深的沉思询问世人：如果不读这些经典，我们何以走好今天、走向明天？

第五张，她坐在花前月下，身边的桃花红白相间，映出一个粉色美人；头顶的弯月挂于左角，为她送上了柔和的银光。手上的《红楼梦》是打开的，她仰面朝天，双眼微闭。这画面，给人以明示：通往梦想的道路，在你的阅读当中！

第六张，人在鲜花之后，花儿半遮人面，双手将一本《爱美之心》伸向镜头，让书挡住了身子。在两边侧光的映衬之下，露出的左脸肤嫩如脂，那圆润的双肩、似藕的双臂，让人读出一句古训：书中自有颜如玉。

还有十几幅，在水中，在山中，在花丛中，在学生中……每一幅都有一个主题，每个主题都是一句倡导读书的心语。

我读懂了她的画面语言后，便明白了这组照片的用途：为阅读推广代言。

于是，我想到了她的一篇散文。

五年前，我担任安康市文艺创作研究室主任，兼任《安康文学》主编，有幸读到了她的第一篇来稿。

稿子不长，千字文，但只读了第一段，我就放不下了。

"半夜无眠，起床读书。虽是周末，但大雪封山，不能回城。困在我就职的学校里，作为教师，身为女子，若不读书，能做什么？"

寥寥数语，暖暖情怀。不是无奈，而是自救。因为，"书是我最爱的药"。

如此用心用情与恶劣生存环境抗争的弱女子，定是生活的强者。如此强者之文，定有励志作用，定有教育意义。本着这种"先入为主"的念头，我一时兴起，提笔写了个"发"字。过了好久，才抬眼阅读开来。

她说她本来是个不爱读书的贪玩者，想过无忧无虑的生活，有着天真烂漫的理想。但当她参加特岗教师招考，考到秦岭深处的宁陕县旬阳坝小学时，父母因她有了铁饭碗喜极而泣，她一去报到却绝望到无泪。

"我的青春，我的前程，从此就交给这高山之巅的冬雪夏雨了吗？"

头一周，她茫然无措，周末也不想回城。第二周，她无所事事，头发一缕缕脱落，青春在沉寂中失色。

无课时，长夜里，无聊到无人聊也无话聊更不想聊时，她发现了一个比她还寂寞的好去处——校图书室，她便一头躲进这里读书。不料，这一躲，便是心静如水地过了一周。周末回家，还背了两本书。那一周，她平均每天有八个小时在读书。也就是说，除了工作、吃饭、睡觉，她时时都在读书。

周末回到城里，父亲问她学校环境咋样她不知道，同学问她学校伙食如何她不知道，闺密问她学校生活苦不苦她不知道，她只在日记中记她阅读的书，后来那日记就变成了读书笔记。

后来，她与学生一块读书，一块写作。他们班的作文水平全校领先，常被本校、外校当成范文，有的还被报刊发表，有的还在省、市、县的大赛中获奖。

后来，她为自己制订了一个"完善知识结构"的阅读计划，列出了相关书目。从此，她既在本校借书，又到网上买书，简直成了"书虫"。一年下来，成效大增，教学工作受到学校表彰。两三年后，她形象大变。在她经常出现的市、县各种教学能手竞赛、交流活动当中，人们看到了一个爱说爱笑、一脸阳光的小宋老师。

后来，她边读边写，写诗歌，写散文，写论文，写新闻。她说："写诗歌因我热爱命运，写散文因我热爱生活，写论文因我热爱工作，写新闻因我热爱学校……"随着作品发表量的增加，外界渐渐知道了秦岭深处有个爱读能写的小宋老师。

这是她这篇散文告诉我的基本信息，自此我记住了这个读写并进的女老师，但因无电话、微信，又不好意思向一个女作者索要，我便时常通过宁陕县作协主席阮杰先生向她约稿。

真没想到，如今我到了图书馆，她竟然成了阅读推广代言人。

我通过微信，给宁陕县图书馆的刘晓慧馆长转发一幅图片，问她是否认识小宋老师。刘馆长回答得很干脆："不仅认识，而且熟悉。她几乎每天到馆，不仅是我们的常客，而且是绿都文友读书会的重要成员！"

我纳闷了，从旬阳坝镇到宁陕县城，五十多公里的山路，她天天去图书馆，方便吗？

刘馆长哈哈大笑："这么优秀的自学成才的模范，能被埋没吗？"

她告诉我，小宋老师调到全县条件最好的宁陕小学，已经三年了！

那年夏季，我由文研室调到图书馆。

那年秋季，她从旬阳坝镇调进县城。

虽然三年来因无文稿创编关系我们失去了联络，但今天我们因书重逢。

她还是那么青春洋溢。

她还是那么一脸阳光。

再三翻阅她那组既光彩耀眼又寓意深刻的宣传图片，我忽然心生一计：让本馆的宣传员通过刘馆长与她联系，争取她的同意，将这组照片发在本馆的官方微信、微博、网站上，让她成为我们的阅读推广代言人。

在宾馆看书

我一走进大厅，就被书香吸引。

在正阳酒店，一楼大厅是高大、宽阔的公共空间。而最引人注目的是吧台左侧开架型、开放式的公益图书馆。

同车到白河县开会的专家团队，因与刚刚入店的一个旅行团碰上了，就让他们先办理入住手续。我们一行等待登记时，便三人一群、五个一伙地扎堆聊天。不知是职业习惯使然，还是对书敏感，我一看到吧台左侧的一排排书架，就信步走了过去。

这是一片雅静的休闲空间，东边的进出口处是空旷的，西、南两边为书架，北边是摆放饮料的商品货架，正中放着几排桌椅、条凳，既可供人读书、喝饮料，也可让人休闲、交流。

我进入时，已有六人读书、五人选书、四人喝茶、二人议事、一人煮制咖啡，都是静悄悄的。那两个议事的，似在讨论一份材料，相互用笔在文件上指点着，轻声商讨着，三米之外的我根本听不到他们的声音。

我转到书架边，看到这是分类排架的，书脊上有张贴得很专业的标签。抽出一本，见是白河县图书馆的，我的内心涌出笑意，为我的同行点赞。

一个瘦高的中年妇女转到"地方文献"书柜前，弯腰瞅了一眼，侧身招了下手，便过来一个富态的中年妇女。瘦高个抽出一本书，说自己在她家看过这本书，富态的说里边收有她的作品。瘦高个眼睛一亮，做惊喜状。富态的那人取过书来，轻轻打开，柔声道："一篇散文而已。"

我瞄了一眼，见是我当年做安康市文研室主任时主编的生态旅游采风作品选集，不禁好奇。我上前一步，那女作者我只识其名字，不认识其人，就没去打扰。

待她们坐下，就着条桌翻看那书，我也凑到"地方文献"前，竟然看到不少我编的、写的书，比如编著的《安康导游词》《安康书评》《安康非遗剧目研究》《汉调二黄获奖剧目研究》《100个安康人的阅读故事》，比如文学艺术著作《感恩笔记》《龙腾汉江》《城事随笔》《阿龙说事》《阿文的故事》《安康女作家散文评介》《安康女作家随笔解读》等。

当然，里边还有一些本县作家的书。我认识的作者的作品，就有两本胡黎明的诗集、两本蒲小茶的散文集、一本刘惠芳的自传体纪实文学等作品，还有老干部刘明及县委宣传部、文旅局汇编的摄影作品集。

我正翻看刘明先生拍摄的白河风光、水鸟花卉，就听那两个女士议论开了蒲小茶的散文。

富态的那人轻声说："他这乡村生活写得细节到位、笔法轻松、语言幽默、故事丰满。"

瘦高的那人递过手头正翻着的书，笑了下，压低嗓门儿说："你看，他对城市生活的观察多么用心、用情……看，看这儿，看他把这女子的神态描写得多么出神、多么细腻呀！"

"是呀，是个情种！"

"无情不为文嘛！"

"对，对呀！"富态的那人指着一段文字说，"他是多么热爱生活呀！只有爱得深，才会体验深，才能写得深！"

过了一会儿，二人停止交流，各自看书。我便翻看着县政协的两本文史资料。不一会儿，两人又聊开了。

瘦高的那人感叹："看当地作品，不仅是读作品，而且有利于了解当地文化。你看他写的白河风情，多么具体，多么形象。对我们而言，这就是导游词，窥一斑而知全豹。"

富态的那人说："是啊，你看这篇，寥寥数语，就让人了解了白河的名称来历和县情概况。"

瘦高的那人说："所以，咱们这种每到一县先阅读当地文史、地方文献的做法,才是鲜为人知的成功之法!"

两个窃窃私语的女子,轻声嬉笑开来。

听着她们的对话,我想到了公共阅读资源的特色性、分众性、丰富性等关键词。

见我在这边儿翻来找去的,那个煮咖啡的女子就走过来,主动给我介绍:"这是我们安康的地方文献,最受外来游客、住店旅客的欢迎,好多书都被翻烂了。今天早上有个从襄阳过来考察汉水文化的老先生,要借这本《龙腾汉江》,我说没有复本,不能外借,他就用手机拍,硬是把整本书都拍了下来。"

我脱口而出:"我手头还有一些,回去就给你快递 10 本。"

女子瞪大双眼看了我一下,很快露出笑容,指着书上的"李焕龙"问:"您是李老师?"

我点了下头,自己却不自然了,说声"这些书嘛,我都给你配上复本",便匆匆告辞。

刚走了上十步,却被一排线装书吸引了目光。扫了一眼,看到了《论语》《老子》《孟子》《鬼谷子》和《三字经》《弟子规》《孝经》等国学经典。我问这些书是否有人看,女子说:"有人看,我们酒店是白河县城新区最早的涉游酒店,外来游客多,晚上看书的人也多,尤其是中老年人,不少爱看国学书。"

半个小时后,同伴喊我去刷脸登记。我刚办完入住手续,就见白河县图书馆的赵诗武馆长来了。我一笑,肯定是那女子给他"告了密"。

赵馆长介绍，这个分馆开办三年来，服务了二十多个省、市、自治区的客人，真正成为文旅融合的窗口。

正说着，见楼上下来一对关中口音的情侣，他们来到图书区，各自还了一本书，又各自借走一本书。看着他们持书上楼的背影，我对赵馆长赞扬道："你这事做的，真叫敬业有心、服务无界！"

你读书的样子如初恋般美好

友人发来一组随拍：不同的环境，不同的服饰，不同的光线，不同的角度，但所拍的都是同一个你。

一个阅读着的你。

或站，或坐，抑或与人交流、给人讲书，你的眼里总是秋波荡漾，你满脸都泛着恋爱般的光泽。

头一张，只你一人。身后，是高大、宽阔、书架上顶的书墙。虽被虚化处理，但仍能看见那一排排图书顶天立地，成了你巨大的、高尚的、坚强有力的靠山。左侧，是一个与你并立、竖直敦实的书柜，那一排排彩色的封面告诉我们：这是精装的、崭新的高档图书，这是图书馆视为宝贝、特别重视的推荐图书。面前，是一块从书架上伸出来的木板，约有一米长、半米宽，正好展示新书。而你，则从展开的四本书中挑出一本，轻轻打开，细细赏读。是因看得入迷，看得生情，还是有什么情节、什么故事、什么句子打动了你，那表情，明明是在非常享受地静读情书呀！而且，是初读情书，怯怯地、羞羞地欣喜着。

第二张，有五人。在书架与屋墙之间，有阳光，有书香，有条凳，有沙发。你与一位小学生挨着，坐在巨大的、透明的玻璃窗前。条凳式的沙发不宽，却很长，学生这边还有空位，虚位以待的样子，显示着你们的文明礼让，不贪占，讲公德。你的那边，两位读者紧挨着，似是凑在一起研读着一本共同心仪的图书。尽管他们的头部被对面一位小姑娘手捧的图书挡住了，但那同样躬着的腰身、挨在一起的脑袋，告诉我们：他们的心已经入了书、入了神。你和小女孩共同展开的，是一本大16开本、文图并茂的横开本图书。虽然书铺在女孩的膝上，但你那既似指认，又似指点，更似指导的手指，却让你成为摄影师镜头下的主角。这嫩乎乎、柔乎乎、热乎乎的手指，因为弯曲着，显得内敛、素雅，且在秀气中与书香相融。而你那目光，是恬静的、包裹着微笑的。之所以要把微笑包裹住，是因为那展示在冬阳下、书香中的励志故事，隐藏着你心中的秘密。哦，故事中的那个少年英雄，是你的初恋情人，是你至今提起来就热血涌动、说起来就心跳加速的心爱之人！

第三张，主景两个人——你和你的闺密。背景若干人，形象不太清晰，但都在选书、看书。你和闺密站在一起，背靠书架。四层书架上，那些色彩鲜艳的封面、朦胧可辨的书名，让我们可以推断出：这些图书是青春读物。闺密的左手捧着一本打开的书，右手被你轻轻抓住。她在轻声讲述着书中的故事，似在解读着你的心事。因而，她讲得动情，你听得入情。她讲着讲着，从书中引申开来，似在讲述你心中的秘密。但她点而不破，触而不透，就那么满面含笑地含在口中，含在心中。你望着她的笑脸，听着她的讲述，淡淡的红云正在脸上缓缓荡开，一双软手也在她的右手上轻轻抖动。你那纯洁如水的眸子，是多么渴望她把你心中的故事像书中的故事一样讲得明明白白、透透彻彻呀！但你的手的抖动却让她欲语还羞。

哦，你的阅读这么甜蜜呀！

哦，阅读使你如此甜美呀！

欣赏着你的阅读美图，我发现阅读是一件美事，我品出阅读是一种美味。

她因读书而可爱

　　我不知道书有多大魔力，会让一个柔弱的小女子变得如此充满活力，活得如此富有魅力！

　　头几次"见"她，是在"安康阅读会"的微信群里，我为她办的几项读书活动点过赞。尤其是去年 12 月 26 日，毛泽东诞辰纪念日，她在旬阳县吕河镇毛公山下组织的活动，令人心生敬意。那天傍晚，我走在下班回家的路上，因接来电而翻阅了一下手机，便在阅读会的微信群中看到一组图片：十几位安康阅读会骨干，应邀来到旬阳县吕河镇，与旬阳阅读会的朗诵爱好者相会于当地的毛公山下，举办"毛泽东诗词诵读暨《毛泽东选集》阅读分享会"。我立即打车返回办公室，以名誉会长的名义，打电话称赞安康阅读会。我问明情况后，要来文图，略做修改，便向熟悉的报刊、广电、网络媒体发了个题为《安康读者毛公山下诵毛公》的消息。巧得很，一个小时后，我再次步行到刚才看手机的地方，恰有来电，是报社的记者朋友打的，说是刚在腾讯网上看到这条消息，让我添些活动细节发给他。网媒真快，文图处理精当，鲁玲形象突出，让人当下记住了她，并因此而敬重她。我看了下微信朋友圈，已有几十人转发了。当下，打电话给安康阅读会负责人，请他转告活动策划者、发起人鲁玲："你为安康阅读界争了光，我代表图书馆人和广大读者向你致敬！"

那次，我问当天在活动现场的一位文友："鲁玲挺会抓机遇搞活动的吧？"回答是："因为她对毛泽东诗词和毛泽东写的书、写毛泽东的书，爱到骨髓！"

或许正因为如此，第一次接她的电话，我二话没说，只是一个劲儿地重复一个字："好！"这是6月下旬的一天深夜，在由旬阳经安康到西安的高速公路上，鲁玲像老熟人似的打电话给我，说她要到西安参加由省作协、安康市委宣传部等单位联合举办的"王晓云小说剧作集《绿野之城》研讨会"。她说她把这部书读了好几遍，越读越激动。她说她要在旬阳县城举办《绿野之城》阅读会、分享会和作家见面会、交流会，她邀请我去参会、讲话并做点评，并希望我协助邀请几位安康市的书评人、读书人和阅读推广人，而且让我帮忙思考一下活动的内容、议程以及市、县有关领导出场的方式……真没想到，我俩第一次通话，就如此投机，她竟向我提出了如此之多的要求，而我竟一连串地回答着一个又一个的"好"字。

那次，我打电话询问安康女作家王晓云："'鲁粉丝'为何如此喜欢你的新书？"王晓云十分肯定地回答："因为她深读了，读懂了！"

与她的首次相见，是个特别好的日子：7月1日，星期天。上午忙完本馆及市区的"七一"活动，我中午即与友人驱车去旬阳，赶赴由鲁玲策划并牵头，于当天下午举办的《绿野之城》阅读分享会。一进场，我就有惊喜，心中自然哼出一句唱词："这个女人不寻常！"

惊喜之一：她不仅爱读书、爱文艺，而且讲政治、讲规矩。她把当日活动分为两段，上半场是"庆祝建党97周年"活动，安排了一个歌伴舞、三个诗朗诵和六人分别诵读《梁家河》，共十个小节目，1个小时的时长。其间，她既是主持人，又是朗诵者，与她那上初中的儿子分别诵读了《梁家河》中的《近平回来了》选段。

惊喜之二：她不仅懂书，而且懂人。她深知，作家阅读作家的书，是"文人相亲"的具体表现，所以在主角王晓云讲述创作心得，到场读者交流阅读体会之后，特意安排了王晓云与旬阳作家对话的环节。几位当地小说作家经向王晓云面对面请教，明白了结构设计、情节设置等创作技巧，兴奋得既要签名，又要合影，把活动气氛推向高潮。旬阳作家程根子激动得当场挥笔，为王晓云写了一幅字。王晓云感动得热泪盈眶，现场读者爆发出了长时间雷鸣般的掌声。

惊喜之三：她的人缘好，队伍强。当天到场的，除了安康与旬阳两城的作家诗人、读书团队代表及市、县文联领导，其余人都是她的阅读团队成员，她称这些人为"阅读文化志愿者"。这些志愿者，有工人、农民、教师、学生，有的还是县级、科级干部，还有专门请假从建筑工地、商场、酒店赶来的打工者。他们不仅爱读书、会朗诵，而且个个主动当义工，从场地布置、灯光音响、捐书送物到烧水泡茶、迎来送往、拍照写稿，样样干得到心到位。

因为惊喜，所以点赞。活动结束时，我对鲁玲说，要点这三个赞，她不假思索地回答道："正常事，正常做，必须的！"

那次，我对旬阳县文联主席魏连新说："旬阳阅读会干得不错！"魏主席回应："因为有个热爱阅读的鲁会长！"

更没想到的是，这次见面，我们相约要做一件大事：利用各自阵地，合力推介本地图书。鲁玲说："我读了不少本地作家的作品，比如李春平、陈欣明等人的小说，李小洛、姜华等人的诗歌，李娟、郭华丽等人的散文，曾德强、王庭德等人的纪实，戴承元、孙鸿等人的评论……这些的确是好书！而且，我们的地方作家，群体很大，好书不少。但是，因为缺乏宣传推介，不仅在外界影响不大，本地人也知之不多。我虽然做不好评论与推介，但可以发挥我的优势，利用读书会这个团队、读书活动这个平台，来组织、发动、倡导大家阅读本地作品，宣传本地作家！"听了这话，我伸出双手，与她相握：地方作品属地方文献，征集、阅读与研究、推介，是图书馆的分内事。我们合力而为，共同做好宣传工作！

那次，我们列了个书目清单，商定各自组织阅读，适时互动分享。临别，又补了十分关键的一条：每季开展一次"两城同读一本书"活动。

因了这一约定，便有了这个活动：《汉调二黄口述史》读后感交流会。这个周末，我将奔赴旬阳，与鲁玲携手举办这一读书活动。

研　读

　　重新认识老包，是因古体诗词。

　　2016 年 11 月 12 日至 12 月 3 日，安康人周末读书会利用四周的星期六，连续阅读《安康诗词集成》，并请安康诗坛名人李波、田尔斯、崔兴宽、孙传志分别就诗词曲赋的欣赏与写作技巧做专题辅导讲座。这一下，安康市图书馆引起诗坛、文坛高度重视，被人称为"诗教基地"（真没想到，半年之后，竟然成为省级"诗教基地"）。

　　头一讲，是市诗词学会的副会长兼秘书长李波做的，他的课因引经据典而知识性强，因通俗易懂而接受度高。但在课间休息时，我却发现他被一位头发花白的大个子先生给缠住了。李波刚说休息一下，大个子就站起身，微笑着走过去，弯腰挨在他的身边，用笔尖指着一张白纸上写的几个问题请求解答。李波用指头指着那张纸，点点画画，表情严肃，看来这些问题不太简单。我出去回了两个电话、上了个厕所，进来后见他俩人还在嘀咕，就上前去，笑着跟二人开了个玩笑："身体这么好，连厕所都不用上呀？"李波起身就说："马上去！"大个子紧随其后："我陪你去，继续讨教！"二人因"厕所研学"忘了时间，以致课间休息超时 6 分钟。我去打探，他俩还在厕所讨论。

再上课时，我移位到大个子旁边，特意观察他，发现他有两个特点：一是笔记做得多，八成时间都埋头在写，几乎两三分钟就是一页；二是问题记得多，手边一张白纸，半小时记了六个问题。同时，我还看到，他放在桌上的帽子下，盖着厚厚的两本书。我示意借阅，他微笑点头，伸手推了过来。一本是精装的《唐诗宋词选编》，厚厚一大本，过千页，纸薄字小，他这年龄看得清吗？我打开一看，吃了一惊，里边不仅画有符号、写有批注，还夹有字条。另一本是《安康诗词集成》，十几处都被折叠着，有几首被注了拼音，标了音节，看来是要诵读的。

下课时，他迈开大步，笑嘻嘻地走到李波身边，递上那张白纸。李波笑了："老哥，让我先喝几口水，润下喉咙，行不？"大个子爽朗地笑了一声，转身提起暖水瓶，等着他喝，等着续水。我望着他俩，点点头，笑了下，就出门送人。和几位老者边走边聊，楼外道别，并将田老师送上出租车后，我从大门口返回一楼大厅，正准备取了自己的笔、本、水杯回办公室，馆员小陈从二楼下来，向我轻声央求道："都下班十几分钟了，他俩还在会议室……"我立马上去，请他们到我办公室去讨论，李波却说不了，边走边聊。大个子很不情愿地去收拾东西。这时我才发现，他的座位上还有一个书包，里边也是书。李波指着《唐诗宋词选编》问："听说你把这个大部头都背完了?"大个子回答："去年是背完了，现在又忘了三分之一。人老了，容易理解，不容易记忆!"他俩说得轻松，我却听得新奇。这么厚的一大本书，定有四五千首诗词，我能读完就不错了，他能背完，得下多大工夫呀!

见我睁大双眼望着他，他上前半步，拍着我的肩头问："焕龙老弟，不认识我了吗?"

我不好意思地点点头。

"我是老包，包善懋呀!"

哦，我的天呀!他这头发一白，人就变了相，似是而非了。何况，他过去说话是宁陕方言，如今是一口标准的普通话;他过去是个风风火火的急性子，如今却温文尔雅;他过去西装革履，如今是一身休闲打扮;他过去是手不离烟，如今却手不释卷;他过去是篮球场上的奔跑者，如今却是读书会的阅读者……他虽然一头银发，但面色红润，目光有神，气质儒雅，其精神气质已由八面玲珑的记者、四平八稳的领导，变成了动静皆宜的文人。

老包是宁陕县人，二十年前当广播、电视记者时我们是同行，多次见面。他后来当了十几年的副局长、局长，我们基本没见过面。他前年调到市里来，当了广电网络公司的副总经理，由省公司垂直领导。我们虽同处一城，但无缘相见。按说，他还在职，应不到六十岁。那么，咋会白了头发？听说他这几年致力于诗词研究，经常熬更守夜、废寝忘食，可能与此有关。但这诗词也滋养了他，给他增长了精神，提升了气质，内化了力量，外化了形象，他也值了！

他俩边走边聊，讨论热烈。我插不上嘴，只能默默相随。送到大门口，我对老友李波随便说声"慢走"，对老包郑重说声"欢迎有空来坐"，但他二人无心与我寒暄，挥挥手，转过身，边走边聊。

走了几步，老包返了回来，见我微笑着迎了上去，他匆匆从我手上接过书包，连声致歉。我说他的书包太重了，他说把书装进肚子里就不重了。

这话，又让我吃了一惊。

连续几次讲座，老包均以白头发最多、提问题最多而出名。他说他对古体诗词痴迷，爱读、爱背、爱诵，现在学了"赏析"，就能多些理解，就会在朗诵时领会更深、表达更好，就会在背诵时因易于理解而记忆深刻。

时隔两个年头，当地媒体报道的一则消息，引起全城哗然：老包参加了中央广播电视总台的《中国诗词大会》！

一周后，时逢安康人周末读书会阅读紫阳县诗人陈平军的散文诗集《心语风影》，我建议把老包请来，让他在分享环节谈谈古体诗词的学用体会。他如约而至，只谈了一个关键词：研读。他说，不能浏览式阅读，而要逐字逐句地研读，特别是要弄懂古人用词、用典的含义与意图；要读记结合，读通记熟，融会贯通，不能死记硬背。他告诉大家：作为古体诗词的爱好者，只有做到能背、能讲、能写、能用，才是有效阅读，才算是读懂了、读好了、读精了、读出实效了，否则是白读。

这话说的，让人不得不承认他说得有道理，但又普遍认为他说得太玄、要求太高，一般人难以企及。

然而，他的理由无人不服："这就是我参加央视《中国诗词大会》的深刻体会！"

是啊，那些走上《中国诗词大会》的强手，绝对不是一般意义的朗读者，而是熟能生巧的研读者；不是一般场合的朗诵者，而是成竹在胸的背诵者。

转眼间，到了我们与藏一角博物馆合办的中秋诗会彩排时间。老包一到现场就认真阅读赛诗规则，反复琢磨"盼月""诵月"等几个专题的意境，不停地在心中打腹稿，听说他写了五六首诗，还现场向市诗词学会会长刘继鹏、副会长李波等人请教。但最终出手的，仍是最初申报的"古诗朗诵"。我问他为什么不拿出自己的诗作来参赛，他嘿嘿一笑："古人的作品是陈年老酒，越品越有味道，我辈无法企及，只能好好弘扬！"

今年9月28日，我市在影剧院举行"陕西阅读文化节安康分会场启动仪式"，他应邀与人合诵《金州好》《安康八景》。那天的60多个朗诵者，他是年龄最大、到场最早的。他一来，就选了角落里的空位子，打开书包，静心看书。我去送矿泉水时，顺带瞅了一眼，还是那本《唐诗宋词选编》。我笑问："这本书你看了多少遍呀？"他举着书本，一字一板地说："这不是看几遍的事情，是我一辈子的事业！"

看到搭档来了，他就急急忙忙将其拉上舞台去走场，一连走了三遍。他那飘飞的白发，在灯光下银光闪闪；他那挥舞的手势，大有"指点江山，激扬文字"的气势。此时，舞台上的这个静为儒士、动若将帅的老包，浑身都彰显着诗情画意。

当搭档坐下休息时，他一人又走了两遍。终于轮到别人走场，他退回后台。然而，即使闲下来，他也不像他人似的聊天、玩手机，而是拿起书来，反复领会，反复吟诵。我逗他："都烂熟于心了，还下那苦功干啥，又不评奖！"他嘿嘿一笑："你看，诗这东西怪得很！每研读一遍、默诵一遍，便有新的感悟，越盘越有味道。不好好玩味，还真不敢轻易献丑！"说完，他又坐下看书。

　　看着角落里那个因为诵诗而摇头晃脑的白发大个子，看着他手中那本时而被打开，时而又合上的精装图书，我想：老包的诗意人生，不是诗神赐予的，而是他因研读诗词而精心创造的。

狠　　读

他永远也无法忘记那个因为谈书而被人抛弃的场景。

那是初中二年级开学的第二天，因为是新课程、新课本，大家这两天在课间休息时基本都在讨论新课内容。而他们两个学习尖子、班干部，以讨论工作为名，凑在一起说话。今天的话题是他挑起的：交流假期的课外阅读。

他兴高采烈地说："我终于把'四大名著'中的《红楼梦》读完了，过去因为嫌那里边的诗词多、难弄懂，一直没有读完。"

她很抱歉地说："我也在读，但没读完。"羞涩地笑了一下，她又自信地扬起头来，"我很喜欢《红楼梦》中的古体诗，写风景的让人身临其境，描写心理的让人同频共振。"

她正说着，体育委员来了，根本不顾二人在谈论什么，往她对面一站，就甜蜜蜜地笑望着她："你说《简·爱》为什么这么抓人心呢？"

　　她嘘了一下，让体育委员放低声音，对方的道歉还没说完，她却急不可耐地开腔了："正是这个原因，我才又读了一遍。哎呀，越读越抓人心，让人不但手不释卷，而且寝食不宁……"

　　体育委员插话："是呀是呀，我一连几天都和主人公一块入梦……"

　　"是呀是呀，我也是呀！"她抢过话头，笑着说，"我昨天晚上还哭醒了呢！还……"

　　二人你争我抢地谈论着，时说时笑，还相互击掌，完全不顾他的存在。

　　既插不上话，又接不上话，他只好低头离开。然而，可悲的是，直到放学，他还不知道他们在谈论什么。

　　一个全校师生公认的学霸，难道就因为一本书而被他人打败了吗？

　　让他非常难过的是，打败他的，是他非常喜欢的女孩和那个他非常尊敬的男孩。

　　放学回家后，他无心吃饭，一头钻进自己的小房间，打开了自己的小书柜，一伸手，就取出了《简·爱》。

　　因为，在放学的路上，他依稀记起，他们谈的是《简·爱》；依稀记起，她作为春节礼物送过他这本书。

　　那天，他给她送去《唐诗今译》，是精装本，很漂亮的新年礼物。她高兴得手舞足蹈,第一次把他领进她的小闺房,取出表姐刚寄来的《简·爱》,双手递到他的手上。从她那郑重的姿势来看,这个礼物是十分珍贵的。

然而,他的内心是不太喜欢外国文学的。因为,书中不仅有十分复杂的名词,而且有好多东西看不懂。所以,他把这本书拿回家后,和那几本外国小说一起,原封不动地放进了书柜。

他们能看懂,我为什么看不懂?他们看得那么痴迷,我不可能看不进去!认真审视了一下这淡雅的封面,他提笔在书桌的台历上写道:从今天起,阅读《简·爱》,连读三遍!

从这天开始,每天作业完成后他都花费三个小时,鼓足干劲阅读《简·爱》。

头天晚上是从9点半开始的,才看一个多小时就犯困了。确实难读,名词难记,逻辑跳跃,一会儿就打瞌睡了。在书本掉下又捡起、打开又掉下的折磨之中,又撑过半个小时,他已了无兴趣。洗完,上床,睡了十几分钟,想到她和体育委员聊起《简·爱》时的那股热情劲儿,他翻身起床,洗了把冷水脸,又坐下来读书,一口气读了一个半小时,似乎不困也不累了。然而,并没读懂什么。

但是,奇迹发生在阅读第二遍时。当他打开书,大脑中那些零碎的情节、细节随之跃动起来,他似乎见到一批久违的乡亲,虽不太熟悉,但似曾相识。于是,他便有了认识的欲望,并在这种欲望的支持下，去努力走近他们。

　　读到第三遍时，书中人物如班上的同学，面对这些熟人，他要做的是既要知道他们在干什么、为什么这样干，又要明白自己想与他们沟通什么、为何沟通。在这样的探究之中，他入了书，书融了他。当他走出书来，那书便任由他来拆解、组合了。

　　三遍读完，他竟然有了写点什么的欲望。写什么呢？他把大脑里那些零碎的想法略一整理，便在纸上列出了一个大胆的写作计划：一篇谈总体印象的读后感，两篇关于心理描写、景物描写的小评论，三篇关于故事情节的改写。列完后，他把自己吓了一大跳：我能写文学评论了？我能改写小说了？如此发展下去，我能当评论家、小说家？这样想着，他热血沸腾，当晚便完成了一篇改写任务。

　　第二天，当他把自己的改写稿交给她时，她震惊了。

　　她问：“你把《简·爱》修改了？”

　　他说：“《简·爱》是一部完整的长篇小说，非常完美，无须改写。我只是抽出这个情节，依我的想象重新设置了故事的发展，写成了另一个故事。”

　　她望着他的眼睛，望了许久，把自己的脸憋得通红，才憋出一句话：“你会成功，我坚信，我喜欢！”

　　望着她跑走的背影，他心脏跳得咚咚作响。那年月的“我喜欢"，相当于现在的"我爱你"。因此，他不仅激动得脸红耳热，而且幸福得几乎要流出热泪、哭出声来。

从此，他把大量时间用于阅读和改写外国小说。白天的不少课堂时光，他偷着阅读；晚上的休息时间，他大多都在写作。一学期下来，他竟然阅读了31部中外名著，改写的小说稿达66篇16万字。这一系列稿件，让她佩服得五体投地。

然而，期末考试时，他却因严重偏科、学习成绩严重下滑而失去了学习委员职务，又因早恋，班主任把他和家长一同叫去做了警告谈话。

因此，他没考上重点高中。得知她被家长转到省城去读高中了，他对高中生活失去了热情，既丢了课外阅读的爱好，又对学业不感兴趣。高考时，他勉强考了个二本。

真没想到，在大学的图书馆里，他又遇见了她。此时，他们已经长大，能够理性地对待学业与课外阅读、业余兴趣了。他又写了半年，发现写作并非自己的特长，难以成才，便理智地让写作迅速降温，只作兴趣爱好，不为人生目标。

然而，那种阅读的习惯始终保持着：凡是需要读的书，再难懂、再难读，都要设法读懂弄通，有时会反复阅读，甚至改写。

当了县级领导之后，他以理念新、观点新而全市闻名。因而，常被市里委以重任，担任重要材料的主要撰稿人。这些材料，常因立意新颖而成为开创工作新局面的重要蓝图。

现在，他成了县里的主要领导，读书和调研又成了他的工作特色——凡要工作创新时，他就通过阅读来充实大脑，通过调研来提高认识，从而理出新思路，创出新亮点。

据说，他能脱颖而出，担任县里主要领导，缘于市里主要领导对他的发现。那次，他们一行十几人随市里主要领导外出，别人在途中不是聊天、打牌，就是玩手机、电脑，而他只读一本《世界是平的》，去时读头遍，回时读第二遍。

据说，一位中央媒体的理论专家之所以数次深入该县，亲自替他调研、提炼党建经验，是因为对他的赏识。这赏识来自他关于基层干部要读中外经济理论书籍的一篇文章，文中列举的几本外国元首的著作正是那位专家的至爱。于是，专家主动与他沟通、加他为友，并与他成了相交较深的书友。

据说，他被母校请回去做了一次"农村是一个广阔的天地"的讲座之后，便一连被请去九次，还成了特聘教授。学生对他的评价是：因为阅读量大，所以知识点多。

当这些"据说"成为共识，人们普遍认为：他的会读书来自狠读，他的狠读书是为了"书为我用"。

尽管我没写明他姓甚名谁，但知情人已经知道他是谁了。

跟书学艺

能把书拆开读，倒着读，打乱读，边读边请人考核的人，定是学必见效的牛人。

初识傅德银时，他只是坐在我们编采部对面办公室的技术员。美其名曰"电视股股长"，其实就是个为城乡各地转播电视而立杆、架线与安装、维护差转台等基础设施的技术工，而坐在我们这边的广播电台编辑、记者、播音员，基本上不太主动与他们来往。因他夫人郭老师当播音员，他不得不时常跨过那一米五宽的楼道走过来。但我们这边的几位老先生常在他背后做捂鼻状的小动作，有的还开玩笑说他身上机油味儿重，小心着火。

就这么个成天爬电杆、架电线的干活儿人，忽一日却向局长立了个军令状：办电视！

20世纪80年代晚期，电视刚兴起，山城安康居民只能收看中央电视台和省电视台各一个频道的节目，农村无此福利。地区广电局办了个电视台，也只是用电影胶片机拍些素材，请在此承修安康水电站的水电部第三工程局电视台协助编辑，于本地转播的省台节目中间每周插播十分钟《安康新闻》。他提出由我们当时的县级安康市广电局承办有线电视台的想法，的确有点超前。为此，局长发问："咱行吗，你会吗？"他肯定而又自信地说："不会就学，边学边干！谁也不是不学成才、天生就会的！"局长问他咋个干法，他说先办插播新闻，每周一、三、五出节目，让市里领导和干部群众感兴趣，咱就能上手建台！局长问这事谁来干，他说："我们电视股！"

处事果断的局长，不知用了什么法子要来了钱，很快就给电视股买来了一应俱全的拍摄、剪辑设备，还特配了一台吉普车。

我们这边的穷文人，当下眼红了，纷纷找借口溜过去看。自己看不懂，却要问人家：弄这么洋气的洋玩意儿，会玩吗？傅德银任你咋问，只是摇头。于是，穷文人窃笑着回来，关上门大笑着说："等着看笑话吧！"

那边也关上了门，响声很脆。这门，一关就是一周。

星期天傍晚，那边来人，把我们几个年轻人喊过去，协助他们做记录，名曰"协考"，考核他们这段时间以书本对照设备的自学效果。他们办公室的地面上铺满白纸，傅师（大家都这样喊他）盘腿坐在地上，把摄像机放在腿上，一件一件拆解。他拆一件，让我们照着书上的名称写名字、写编号，按顺序放置。拆完了，由我随意报号，由他介绍该零件的名称与用途，由另一人对照书本看他是否回答正确。最后，我们取走编号、打乱零件，由他自己负责安装。他一步到位，很快就考核完毕。接着，是考张师、刘师等人（那时，我们这边互称老师，他们那边兴称师傅）。

把所有设备如此这般地折腾完毕、盘弄顺手之后，他便开始折腾书本。

一个月后的一天晚上，我们几个又被他们请去，协助监考。

他把一本工具书拆成单页，让我们将带有图表的书页随意组合，用来考他。我先上，不知咋考，就顺手拣了三张有图的书页给他，他接过去就说头一张与哪几页连接起来是讲光线的，第二张与哪几页连接起来是讲角度的，第三张与哪几页连接起来是讲电路的。另有拿着书页的二人负责对题，结果是无一差错。然后，由他再去考张师、刘师等人。

他们的特殊"自考"告一段落，便开始筹办插播性质的《金州新闻》。两周后，节目播出，全城轰动。

局长让我们电台的人从各自角度写新闻、写文学作品，把新兴的电视宠儿宣传一下。我依据亲眼所见，写了篇反映傅德银他们读书学习的新闻特写，还在文中发了通感慨：如此苦读书、苦用书、苦钻研、苦拼命的一群"开拓牛"，咋会干不出新事、新业、新成就呢？

文章在省、市报刊发出后，引起强烈反响。最触动我心灵的反响有两例：一是县级安康市委书记主动找到我们局长，畅谈兴办电视台的构想；二是地区电视台的领导私下问我：银娃子（傅德银乳名）他们真的这么厉害？我只点了下头，他就敲起桌子赞叹起来："如此苦读苦干、边学边干的一群'牛'，太牛了！这种人才可敬、可怕！"

不久，安康有线电视台办起来了，傅德银担任了分管技术、制作、播出、发射及安装工程的副台长，成天还是离不开各类设备与书报刊。

一天，他把我喊进办公室，让我和他们台的另一名记者一同写个材料，完成《中国有线电视》杂志的约稿。情况谈完后，他取了几本业务书借我翻阅，以便我把稿子写得专业一些。

那天晚上，我翻着那些书，又被他的读书风格震惊了。凡不认识的英文，他都标记了中文；凡不懂的术语，他都写上了注解；凡不认识的生字，他都附上了熟悉的别字。有些句子、有些意思不明白，他就查阅资料，夹上卡片。这功夫的确深。

次日，我去还书时，顺便请教他是如何读书的，他说："我读的书不多，但每本必须吃透。"他自我介绍说，论文化程度，他根本不适应电视技术的发展要求，为此，他坚持读书，每天必读。他每读一本书，通常要把汉语字典、英汉词典及专业报刊放在旁边，配合着、对比着、查阅着细读。他说："只有这样才能读懂、读深。"听了他的介绍，我深感惭愧。自己虽然喜欢看书，一年要翻阅上百本，但没有一本能像他那样读精、读细、读深的，也没有一本能读到像他这样管用的程度！对照他的读书方法，我汗颜，我这不叫读书，只是翻阅而已。

或许因为敬重他及他的团队，不久我便告别三楼的广播电台，加盟了四楼的有线电视台，由李老师变成了李师，在傅师的手下由新闻部、总编室主任干到副总编，读书习惯也有了变化，在文史哲的基础上增加了电视技术与政治、经济图书。

再后来，有线台被无线台合并，我去了安康电视台新闻部，后又创办文艺部、领办广电报。傅师一直在总工办，是本台及全市电视技术的权威人士。那时的他仍在看书，书仍不多，但能看烂。

后来，我转行到文化系统，他退休了。他退休后竟然也转行——收藏瓷器。

这可是个文化含量相当高的技术活儿呀，他跟谁学的、咋学会的呢？我十分惊奇地问他夫人。郭老师见怪不怪地回答："跟书本学的！"

心 头 书

　　把一本书放在心头，压了几十年，如今竟然让其重新现身，这事也只有黎胜勇能够做到。

　　此时，当他借助网络手段，重获那本 20 世纪 80 年代的铅印书时，我们可以想见，他的内心定是恋人重逢的滋味儿！

　　这件事情得从 1992 年说起。那年初夏，在平利县文化馆从事文艺创作、辅导工作的文学青年黎胜勇，因创作的陕南民歌剧《光棍儿求婚》剧本有望冲刺省级戏曲大赛奖项，被地区文化局看中，而与该单位编剧专干邹尚恒一道，来到安康地区文艺创作研究室，专司剧本修改工作。这种集体会诊式的改稿，是那时的优良传统。于是，黎胜勇首次享受了作为文化人的最高礼遇：被安排在接待上级领导的地区招待所食宿，由当时业界最牛的王林夫、陈纪元、冯传宗、田尔斯、刘继鹏等著名编剧、导演分别跟班指导。如此高度的重视，无疑形成了一种高压，对于做事高度自觉的黎胜勇而言，其内心的压力是：如何不负众望，怎样突破自我。

在消化老师高见、同道意见的同时，他想寻找理论指导，以期消除迷茫，走出困惑。因而，他去找书。先到各位老师的办公室、家中拜访，口中说着求教的话，眼光寻着人家的书，一遇合适的就设法借来阅读。又到文研室的图书室、地区群艺馆的阅览室去找，几乎一有空就去，找了、读了不少，但没有找到满意的。然后，就挤出时间去跑图书馆，从地区馆到县馆，又到安康大学、安康中学的图书馆，依然寻而未得。实在不甘心了，他去逛新华书店，从最近的安康县店逛到地区店。那时，人们喜欢找书、借书，而不太注重买书，原因很简单：工资低，买不起。好在黎胜勇是"有文凭"的知识分子，享受着每年十元的购书费。那阵儿是关键时期，他决定把好钢用在刀刃上。

功夫不负有心人！一本彩色封面的剧本集，让他的眼睛闪闪发亮，心鼓咚咚作响。

这是中国戏剧出版社出版发行的《第五届全国优秀剧本创作奖获奖作品集》的话剧专卷，书名《天边有一簇圣火》。这可是享誉全国的精品呀！黎胜勇翻看着其中的《天边有一簇圣火》《天下第一楼》《布衣孔子》《日蚀》《中国1949》等8部优秀剧本，如饥似渴，如获至宝。营业员见他把一本书都翻过一大半了，就第三次过来提醒："买不买？不买就别再翻了，小心翻烂了！"他大梦初醒般地抬起头，望望四周，看看这书，坚定地站起身子，挪着蹲麻的双腿，一手握着书，一手捏着衣兜里的钱，慢慢走到柜台边。交了钱，买了书，他便一溜小跑，赶回招待所的房间，关了门，打开窗，一口气从中午读到半夜，把书通读了一遍。然后，他才出来逛夜市，找吃食，边吃边品味那些剧本里的情节设置是如何拙而又巧，细节处理是如何实而又妙，人物对话是如何简而又精。

第二天，他如同得到了马良的神笔，一鼓作气把自己的剧本重写了一遍，写得酣畅淋漓。

王林夫等老师会审时，个个投来赞叹的目光。

常纪伦导演给演员说戏时，一个劲儿地拍着剧本直叫"痛快"。

演员上台表演时，台下不时掌声雷动。

这一次因有好本子，安康地区文化局在全区"纪念毛主席《在延安文艺座谈会上的讲话》发表五十周年文艺会演"活动中，特意安排了"平利专场"。

获奖后，黎胜勇把证书和这本书放在书柜最高一层的正中间，如仙果一样敬着——敬在眼前，敬在心头。

不久，二姐的儿子应征入伍，向他辞行。黎胜勇对这个爱读书、爱看戏的外甥十分喜爱，反复叮咛他要多读好书、多看好戏，一再告诫他"不要放弃你的梦想"。当二姐请他给孩子推荐几本好书时，他说了声"我有好书"，就进了书房，毫不犹豫地把自己最喜爱的《天边有一簇圣火》、卡耐基的《成功之路》拿出来，双手递给了外甥。

谁知，外甥退伍时，也像移交传家宝一样，把书留给了部队。

那时，他已不做业务，当了多年县文广局领导，虽是心中有戏，常常组织写戏、排戏、演戏，但自己已不写戏了。因而，对于外甥把书留给部队的行为，他是高度赞扬的。

在过往的岁月里，他也多次提到过那本书，但都是为了指导他人写戏。这书虽早已离开，但他一直用着，因为书中的大多内容他已装入心中。

然而，到了去年，从领导岗位退下来的黎胜勇，又接受了县里请他写戏的任务。这次是大戏，是重大革命历史题材的重大舞台工程！

从平利县八仙镇走出去的革命先驱廖乾五，是南昌起义的五人前敌委员会成员之一，是贺龙元帅的入党介绍人，是我党早期的优秀党员、高级干部。他因去世太早、史料太少而鲜为人知，但其革命故事值得大书特书，其革命精神值得大力弘扬。黎胜勇为了完成这一重要作品，搜集了许多资料，构思了很长时间。在这段日子里，他几乎天天都在想着那本书，尤其是录入其中的军旅题材剧作《天边有一簇圣火》，他多想再次研读呀!

他知道，那是他十分敬重的军旅作家郑振环的大作。他知道，曾任八一电影制片厂厂长的郑振环老师出过不少名作，然而，《天边有一簇圣火》却是黎胜勇的最爱。

他到处打听，却不见此书。

他上网去查，方知此书在铅印年代只印了一版，只有770册，且是手工绘图、制版的。因而，要查找，非常难！

那么，郑振环老师会不会有呢？

再一查，发现郑振环先生已于2013年作古，唉……

然而，功夫不负有心人。就在黎胜勇边写《廖乾五》，边与《天边有一簇圣火》神交、对话时，旧书网上奇迹般地闪现了一本《天边有一簇圣火》！

他立即下单！

他时时盼望，并不停地查单，看快递走到哪儿了。

当书到手时，他惊奇地发现：来自北京的这本书，竟然没有被人打开过！

"天呀，天助我也！"被人珍藏了30多年的这本书，竟然无人启封，墨香如初。

他摘下眼镜，用热水浸了浸毛巾，擦了擦泛潮的双眼；再慢慢洗手，把手掌、手背、指甲缝和十根手指都洗得干干净净；然后，他慢慢地沏上了家乡的"女娲仙毫茶"，慢慢坐下，坐在打开了窗户、沐浴着东风的书桌前，慢慢打开书，阅读这从天边飞来、从梦境中飞来的书。

一本在心头存放了几十年的书，此刻在他的心头活了过来，宛如久别重逢的恋人。

书中自有甜如蜜

听贾氏兄弟聊养蜂，你看到的是农民形象，感受到的是专家学识。

晚饭过后，兄弟俩分别从自家出门，相约于农家书屋。一进门，贾仕元径直走到东墙那排书柜前，顺手从第二柜第二排取出三本书，转过身来，左手托书，右手指书，轻声讲道："啥是致富路？这是！在哪儿找财源？在这儿！"

这是石泉县熨斗镇板长村的文化中心，农家书屋有两间阅览室、三千多册图书、十几种报刊。和安康市其他村的农家书屋一样，这里是"总分馆"体制下县、镇图书馆的服务点，这里的村民也和城里的市民一样，享受着与县、镇图书馆阅读资源"通借通还"一样的便利服务。

贾仕元把《蜜蜂养殖技术》《蜜蜂四季养殖》交给身旁的哥哥，一边打开《蜜蜂病虫害防治》一边说："你今儿个重点看看第四章。"翻开书后，他前行两步，将书平摊在桌子上，十分自信地说："你看，这种病害不仅与咱们这儿的气候相关，而且与花粉有关！你看，这些花儿虽然名字洋气，好像不认识，其实就是咱们那一沟二山的野花。"哥哥贾仕斗将手上的书放下，将桌上的书拿起，坐到墙边的椅子上，静静地阅读着。

贾仕元冲他哥哥笑了下，转身从书架上取了一本《蜜蜂养殖实用技术》，翻了下内容，再瞅一眼封面，对他哥说："书名差不多，可这个版本好，图片多，实例多，通俗易懂，适合农村，适合刚入道的新手。咱上次看的那一本，像是讲课用的教材，太专业了。一会儿走的时候，你顺带借回去，慢慢看。"

两个中年农民，穿着沾满土腥味儿的衣服，却在书香四溢的农家书屋里探讨着养蜂经。专有名词夹杂着方言土语，一听就是一对学有专长、业有专攻的土专家。

贾仕元仰着笑脸，语气平缓地介绍说："我过去不懂养蜂，还害怕蜜蜂，因为小时候被野蜂蜇过。去年正月间，遇上新冠肺炎疫情，困在家里，既不能外出务工，也无法在镇上经商，闲来无事，就到农家书屋看书。就是这本《蜜蜂养殖实用技术》，一下子把我给看醒了。我们满山的养蜂资源，天然的生态养殖农场，而且不受疫情干扰，咋不干上一场?！春暖花开时，蜜蜂来了，我就上山去收蜂源，就地上蜂箱，一鼓作气干了起来。上半年，我给村上的合作社一次性卖了两百斤蜂蜜，挣了两万块现金。多好呀！本小利大，风险低，销路畅，只要你吃苦好学，就能干成！"

"吃苦好学"，多好的金点子！那么，咋个学法呢？贾仕元说："白天钻山，晚上钻书。这儿的这些与养蜂相关的图书、杂志，我都翻了许多遍，还把中央这个'公共文化服务共享工程'配的视频讲座看了个遍，又通过报刊信息和湖北、贵州等地的专家有了联系。翻书本学，看电视学，跟专家学，学得烂熟于心了，咋会养不好个蜜蜂哩！"

哥哥贾仕斗伸了下腰，抬起头来，指着弟弟介绍道："他跟书学，我跟他学。"

贾仕元笑了笑，风趣地说："他在家里是我的哥哥，论养蜂却是我的徒弟。"

贾仕斗原来在外打工，干得好了年终能落一两万元纯利润，干得不好就没钱回家过年。去年夏天，见弟弟养蜂成功了，他就放弃了外地的营生，回来跟弟弟学手艺，现在也干起了养蜂业。

又向弟弟咨询了几个问题，贾仕斗不好意思地笑着说："我肚子里的墨水不多，看书看不深入，对知识消化不良，学习进步很慢。看来，怕是得到这儿来学习一辈子了！"

　　贾仕元打趣道："那这农家书屋岂不成了你的黄金屋？"

　　哦，书中自有黄金屋，书中自有颜如玉，书中自有甜如蜜！

　　一对蜂农兄弟聚在农家书屋，学着养蜂技术，聊着甜蜜事业。他们的眼角、眉梢，都荡着甜滋滋的笑意。

书中自有黄金屋

熨斗镇的山水美，

青山绿水好致富。

青山美在燕翔洞，

绿水美在燕栖湖。

AAAA 景区游人多，

金山银山造幸福……

　　歌声从农家书屋飘出，飘散在集镇社区，飘荡于绿水青山、蓝天白云间。

　　唱歌人是社区居民蒋学富。作为开饭馆的老板兼厨师，他虽然忙碌，但每天饭点过后，于上午、下午各有一两个小时的空当。这时，除了吃喝、备料、算账及打扫卫生，他总要抽出个把小时，到农家书屋来充电、聊天，并与大伙热闹一通。

在他的心目中，这些书是他的生意经：烹饪类的书让他的厨艺不断提高，交际类的书让他在为人处世上广受好评，经营管理类的书让他的生意红火、家庭和睦，文学艺术类的书让他的业余爱好变成了受人欢迎的演艺特长。

在他的意识中，能到农家书屋来读书的人，多是有文化、有素质的靠谱之人、可信之人。因此，他常到这里读书学习，既向书本学，又向他人学。在这里，既能从与这些读者的交流中获得生意指点、人生经验、社会知识，又能借他们的口碑传播自己的经营信息。

在他的日程中，农家书屋赐予的时光，才是既能提神又能放松的舒服时光，是能书写记忆、留住记忆的温柔时光。在这里，他们静下来能读书，聊起来能议事，闹开来能笑、能唱、能奏乐、能歌舞。

提起演唱，他从读书时的静如处子，一下子变得动若脱兔。他口中说声"热闹起"，就和大伙从左边的阅览室，移师于右边的活动室，操起锣鼓家什，一阵花鼓打法，他便现编现唱开了：

> 锣要打来鼓要敲，
> 人要读书米要淘。
> 米淘干净蒸好饭，

人勤读书素质高。

我们欢欢喜喜乐陶陶……

罗大爷夸他这"五句子"编得好，既有做人的道理，又能抒发情感，是生动感人的活教材。他说这是发自肺腑的生活感受，是现身说法的人生感言。

据他自己介绍，他过去也爱唱山歌，但不会创作，单凭听人唱时跟着学，死记硬背学不好，还经常听错记错、以讹传讹，闹出笑话。打从前年在社区干部的引导下走进农家书屋，在管理员的协助下找到了、阅读了《紫阳民歌选》《旬阳民歌精选》《镇坪五句子歌》《安康民歌集萃》等书，学习了地方民歌的词曲知识后，掌握了规律，找到了窍门，学会了按曲调作词，他慢慢地可以临场发挥、即兴创作，渐渐地成了现编现唱的高手，成了群众喜爱、小有名气的能人。

罗大爷夸赞他："学富很是了不起，是游客追捧的民歌艺人。他用唱民歌来做营销，来给游客逗乐子，来给熨斗做宣传，外来游人、本地群众都很喜欢！"

蒋学富微笑着打趣道："学富学富，学而致富；不学不富，好学好富！"

大家听了，哄笑一片。他兴趣来了，歌又来了："我给农家书屋唱个歌，道个谢！"

在大伙的叫好声中，蒋学富拉过农家书屋管理员，先请其上座，再行礼唱歌：

> 农家书屋是个宝，
>
> 给我知识变钞票。
>
> 给我口碑名声好，
>
> 给我品德威信高。
>
> 给我能力会唱歌，
>
> 给我文化生意俏。
>
> 我今唱个感恩歌，
>
> 谢过书屋谢领导……

歌声中，一张张笑脸都荡漾着祥和，书写着美好。

慈善读本进校园

位于汉江北岸的岚皋县大道河九年级学校，因为没有平地，便在山坡上开辟梯地，建成了拾阶而上的串珠式校园。如此建校，真可谓"条件恶劣"，但一走进校园，却有一股文明之风扑面而来。

因为协助拍摄"慈善读本进校园"主题电视纪录片，我得以与师生们深度交流，并从该校的实际工作中深切感到：校园弘扬慈善文化，不光是写在墙上的标语口号，还是化入学生行为的文明，融入学生灵魂的爱心。无须听汇报，不必看材料，单从下列八位同志的成长感受中，我们便会真切地感受到：慈善读本进校园，进入的是学生的心灵，收获的是学生的成长。

他们虽然每人只讲一个"一"，但每个"一"相加，就是"慈善读本进校园"的强大力量，就是品学兼优的栋梁之材的成长史。

七年级学生吴小红： 每学期阅读一部慈善读本

第一学期，我只是当作一项任务来完成，虽然也读完了，但实质上是不想读、读不进去、读不懂、读不完。原因有两个：一是学习任务繁重，我不想分心；二是我认为我当前的任务是学习，而不是去做慈善，认为慈善文化与我关系不大。直到有一天，我读了特蕾莎修女的故事。当我知道她将一生献给人类消除贫困的伟大事业，在给予中快乐一生，荣获诺贝尔和平奖时，我的眼睛为之一亮：这就是爱，慈善是可为之奋斗终生的伟大事业！

从此，慈善不再与我无关，而是我的日常养成，是我学做品学兼优好学生的基础课与基本功，是我每天早上提醒自己、晚上检查自己的基本修养。

从此，我不仅爱读慈善读本，而且能自觉去做。如今，照顾身边的人，去陪空巢老人聊天，帮助父母做家务，已经成了我的习惯。

现在，周围的人都夸我懂事了、长大了，而我要感谢的，就是慈善读本。

八年级学生燕西： 每月讲一个自己的慈善故事

同学们，今天讲的这个慈善故事，是我自己的故事：罗大爷成了我的忘年交。

罗大爷是我们街道的环卫工，今年整整七十岁，工作十分辛苦，也很受人尊重。以前虽然我们天天见面，但从来没有讲过话，形同路人。

去年一个周六的正午，艳阳高照，满街热气，我坐在家里的客厅看电视，还吹着空调，吃着西瓜，生怕中暑了。

此时，街上传来了扫地声。我循声望去，是罗大爷在打扫地上的渣土。

我走到门口，高声问他："罗大爷，这么热的天，你不怕中暑呀？"

他说："刚才过了几辆渣土车，把街道弄脏了。我不打扫干净，你们上街不方便呀！"

我心里一热，立即捧起一块西瓜递过去："罗大爷，赶快吃西瓜，解解暑！"

罗大爷刚接过西瓜，我就抢过扫把，帮他打扫去了。

从此，他成了我心目中有爱心的好大爷，我成了他心目中有善心的好孙女。

此后，我俩成了忘年交，成了受人夸赞的爷孙俩。

六年级学生刘媛： 每周做一件关爱他人的事

从教学区到生活区，这么长的慈善文化长廊，过去我只是把它当成连接学习区与休息区的通道，如今却真正把它当成了慈善路。

这种变化，得从本周一吃早餐说起。

当时，我和往常一样，在长廊口排队行走，忽然看到张子浩同学一拐一拐地走来了。我想：他腿不好，要从如此陡的长廊上，一个台阶一个台阶地走下去，再一拐一拐地走上来，肯定是非常吃力、费劲、痛苦的。于是，我微笑着赶上去，扶着他往下走。

见我扶着他走，其他同学也围了过来，我们轮流扶着他，让他轻松愉快地走了下去。

从这天起，扶张子浩同学上下台阶，成了我们全班同学的自觉行动。

四年级学生许振宇： 每周做一件孝敬亲人的事

星期六下午，我一回家，奶奶就在门口支好桌子，打来温水，让我快洗脸，快吃饭，生怕我累了饿了。

当我开始吃饭时，奶奶便提起竹篮，到屋后的园子里去拔菜。我刚吃完饭，就见她把一大篮子杂菜倒在门口的台阶上，认真地择着。

奶奶的脸上流着汗水，那花白的头发已被汗水打湿。

看到这儿，我顾不上收拾碗筷，就奔上去，拉着奶奶的手说："奶奶，你休息一下，我来择吧！"

奶奶说我不会择，让我进屋玩去。我说："我会，而且择得很好！不信，你坐边上当考官，看我能考多少分！"

我用心地择着，奶奶认真地看着。看我快择完了，奶奶忽然明白："当什么考官呀，你是让我休息呀！"

我和奶奶开心地笑了，奶奶夸我是个孝敬老人的好孩子！

三年级学生杨梓蕊： 每周上交一次废旧塑料瓶

学校倡导争当环保小卫士，用这种方式培养学生爱家长、爱劳动的品质。我和爸爸妈妈研究了三次，终于选定了一个项目：每周给学校上交一次自己捡来的废旧塑料瓶。

有了这个目标之后，我不仅每天打扫卫生时注意收集，还定期去清理教室内外的垃圾箱。尤其是上学、放学路上，和放学回到街道，我发动身边的人，一起收集废旧塑料瓶，和大家一起提高环保意识。

每个周末，我和同学们一道，把收集的废旧塑料瓶集中起来，统一卖给收购人员，然后把钱交给集体保管员。这样，我们有了慈善基金，可以帮助有需要的人。

五年级学生范亚菲： 每学期捐献一元零用钱

我刚才捐的这一元钱，真是来之不易呀！

因为，老师说所捐的钱必须是自己挣的，或者节省的，否则就没意义。

我想，自己去挣钱吧，每天要学习，时间不允许。况且，自己人小，打工没人要。想来想去，只好选择"省钱"。

上学期考试成绩好，爸爸给我发了十元奖金，让我亲手给父母和自己买一件礼品；又给十元钱，让我有节制、有选择地去买零食。

那天，拿上这些钱，我就想省下一元，用于捐款。

从第一次开支，我就告诫自己：必须省下一元钱！

直到剩下这唯一的一元硬币了，我才不得不下定决心：省下来，当捐款。

但是，每一天，这一元钱都会变成各种诱惑，引诱我去买糖果。

直到今天，我感到自己见了糖果不再流口水了，感到爱心战胜了食欲，我才笑了：这一元钱，可以捐给学校当慈善基金了。

八年级学生王运铖： 每学期写一封感恩信

这是我前天给雷叔叔写的信，向他汇报我本学期的期末考试与学习情况。

雷叔叔是岚皋县税务局干部，他在"结对子扶贫帮困"活动中与我家结对子，为我和姐姐募集上学所需的费用。他是我的恩人，所以我每学期都主动给他写一封感恩信。

以下是我前天写下的内容——

敬爱的雷叔叔：

您好！

因为有您的资助、鼓励与关爱，我能安心读书，学习成绩逐步提升，本学期的期末考试名次上升了九名。这是我理想的成绩，也是我梦想的目标，这为我下学期冲刺前五名奠定了坚实的基础。所以，我要向您报喜，并要感谢您的恩情。

雷叔叔，因为有了您的资助，父母不仅展开了眉头，还在家里为我和姐姐准备了单人房，为我们创造了良好的学习环境。所以，我们能够好好学习，考出理想的成绩。

雷叔叔，因为有了您的关爱，我不仅学习进步了，而且成了"优秀学生"，获得了学校表彰。表彰大会上，我发誓：长大后，我要成为您，成为有益于社会的栋梁之材。

七年级学生邱天宇： 每学期写一篇体会文章

我本学期交的学习慈善读本的体会文章，写了一件小事：排队。

那天，我替母亲到医院去排队挂号，发现排在后面的一位大妈一脸痛苦，还轻声哼着叫痛。我立即与她调换位置，让她尽快挂号治疗。大妈大声道谢，我小声说不用谢。看到这一幕，别人也让开了，直接让她站到了第一个。

由这件小事，我联想到慈善读本上讲的"慈善无小事"，我深刻体会到：慈善不分大事小事，再小的善行也会有巨大的效果。

比如排队这件小事，我让大妈是小事，但帮助他人是大事；我一人做是小事，众人响应是大事。

正因为这样，我感到做善事并不难，难的是在日常中、在小事中处处体现慈心善举。

备读之功

每到周三，朱焕之就要采用统筹法，系统安排"安康人周末读书会"的所有事项，以及与自己相关的单位工作、家庭事务、社会活动，以利自己安心办好读书会。

作为汉滨区瀛湖中心小学的党支部书记，她不仅有党务工作任务，而且有教学任务，还要负责多项相关事务；作为家庭主妇，她不仅要相夫教子、孝敬老人，而且要处理家务和娘家、婆家两大亲族的琐碎事务；作为职业女性和文艺青年，她还有学习、教研、写作等业余爱好。当然，还有闺密和各种交际，也有友情和各类应酬。更何况，这周还有参加同学聚会、去局里开会、迎接市里检查、看望生病的表叔、参加表姐孩子婚礼、完成报社约稿、给长辈们置办换季衣物等必办的杂事。

作为"安康人周末读书会"的会长，朱焕之深知这份兼职虽属志愿服务，但涉及面宽、责任重大。因为周末读书会采用约读方式，每周六为集中活动时间，所以她把每周一、三、五定为信息平台固定推送日：周三发布约读通知，注明选读书目、内容提要、作者简介、时间地点、预约方式，以供读者选择；周五重发，并刊发书评、前言、后记、作者评介等相关内容，以激发人们的阅读兴趣；下周一刊发阅读活动报道、读者书评及体会文章，以扩大社会影响，推动全民阅读。每本书原则上阅读两次：第一次为初读，每人分读一部分，再进行口头式、两三分钟长的交流发言；第二次为精读，程序为请作者谈创作体会、请专家做导读，请骨干作者依着上周的提示交流发言。这样，自己就要做好全程策划、安排和沟通、协调工作。

周一上午的第一件事，是抽空与市图书馆的联系人、创文办主任吴兰沟通，确定阅读书目；下午下班后的第一件事，还是读书会的事——邀约的筹备工作。待一切就绪，周三推送到平台，进行第一次邀约。因为读书会的工作是志愿服务性质的，只能在业余完成，她最讲究"认真"二字，生怕耽误了本职工作，也怕误了读书会工作，真是难为她了。她利用农村学校作息时间（8：20—11：40，12：40—16：00）中间的时间与吴兰联系，尽量不占用上班时间。这不，一放下电话，她立马忙起本职工作来。

周末读书会主要阅读中外名著、文化经典、上榜新书、地方文献，并要围绕地方文献开展"两城同读一本书"活动，即由周末读书会代表安康城，由该书作者所在地的阅读团队代表其县城，联合开展头一周分别读、第二周集中分享的"同读"活动。上月读的《草医肖老爷》，把该书及作者炒红了，两城读者一致叫好。这个月该读哪本书呢？

吴兰查了一下，半年来本地作者捐来供读书会使用、每种30册以上的图书有26种，已读8种，数量较多、宜于大众阅读、方便两城同读的还有9种。

中午休息时间，二人商量后，决定选择杨志勇的散文集《江湖边上》。原因有二：一是杨志勇虽在《陕西工人报》工作，但他是安康人，其散文、诗歌、纪实作品多写安康，作品属于地方文献，且是全省知名的青年作家，近年已出版作品9部，宜于大众阅读；二是他热爱家乡，关注安康的全民阅读工作，上次他在自己的纪实文学《秦巴魂》阅读分享会上表示："安康的读书会活动如果能办到西安去，我不仅组织老乡参加，邀请媒体报道，而且会包揽吃住行用等所有杂事！"

想到这儿，她便拿起电话与杨志勇沟通。经过半个小时三个回合的商讨与上下联络，定下了六件关涉全局的具体事项：一是此次读书会的地址选在西安市莲湖区的金桥酒店，食宿均在这里；二是主办单位为陕西省散文学会、安康市图书馆，承办单位为金桥书房书友会、安康人周末读书会；三是所需图书由杨志勇捐赠，读后由安康市图书馆收藏并提供给市县各阅读团队使用；四是此书阅读两周，头周六读者各自分享，次周六两城各自选出十名代表在西安集中分享交流；五是赴西安的交通费用、在西安的午晚两餐费用由安康市图书馆承担，会议室及茶水、服务由金桥酒店免费支持；六是赴西安的读者要统一行动，当日往返，自办保险。

把这些情况向吴兰反馈后，二人当下商定了两件公务：一是草拟内容，在市图书馆的网站、微博、微信平台发布约读信息；二是起草文件，向各参与单位和参加人提供《安康市图书馆关于举办第四期"两城同读一本书"活动的通知》，以利各方协调及在职书友请假。

忙完这些，午饭时间早过了（中午时间短，老师们在学校集体用餐），她只好饿一顿，又拿起手机给市图书馆李馆长打电话，商定"专家点评""特邀嘉宾"两件大事。待电话交流几次，敲定细节之后，距上班只有十分钟了。

她匆匆赶往办公室，途中又接到杨志勇的电话，说是省散文学会会长陈长吟、省职工文协主席周养俊等文化名人及《陕西工人报》《文化艺术报》等报社的领导答应出席会议。她爽快、干脆地答复："我马上请市图书馆制作电子版邀请函，发到你邮箱，由你确定西安方所有嘉宾，并直接发函邀请！"

上了一节课，她便去与开会回来的校长碰面，研究了几项工作。把自己该落实的事项分头找人落实后，又到了下班时间。

她一打开手机，就收到了市图书馆发来的文件校样，看到名单中出现了李馆长、孙书记的名字，感到很温暖。又看到文件中增加了李馆长致辞、孙书记给杨志勇颁发赠书证书两个环节，觉得更完美。签了审稿意见后，她当下给李馆长、孙书记发去短信，表示要从实从细筹备，努力办好首次跨市的读书会活动。想了想，她把这条短信稍做修改，发给了在瀛湖镇工作的丈夫。

下午回家的路上，她收到了丈夫一连三条回信。志同道合、体贴入微的丈夫，发的第一条微信是表态："本人已在网上报名参加本期读书会，并给会长当车夫。"第二条是分忧："下半周的家务我全承包，不用商量，更无须你审批，特此通知。"第三条是祝福："预祝安康和西安'两城同读一本书'活动圆满成功。"

看完了信息，她轻轻擦去眼角的热泪，给丈夫回了个笑脸和拥抱，又在心中告诫自己："这次读书会，一定要办圆满，绝对要办成功！"

融会贯通

因为她能把一本书读成一个城市的文化盛事，我不仅佩服，而且敬重。

三年前的那个"五一"劳动节，为落实上级关于组织阅读优秀传统文化经典图书的指示精神，我加班赶材料，感到十分疲累，就半躺到沙发上，顺手取来必读书目《道德经》翻看。看到第 6 页，又看不下去了，于是便算账：这是我收藏的第几本《道德经》呢？不算不知道，一算吓一跳：近 30 年来，自己买的、他人送的，已有 20 多个版本 30 多册了，但一册都没有完整地读过。那么，既然多年以来相当喜爱，却又没有认真读过，其故何在？仔细想来，原因也很简单：因为艰涩难读。

但是此时，我却萌生一个强烈的愿望：一定要借这次阅读优秀传统文化经典图书活动的机会，把《道德经》读懂、读深、读透，以此促进我对其他国学经典的阅读、学习。

　　我给安康市道教协会会长刘诚穿打去电话，希望她能给我讲解一遍《道德经》。她不仅满口答应，而且支持我的想法："正因为艰涩，才要下功夫读懂。攻下了这个高峰，就有一览众山小的感觉，再读别的古代文化经典著作，就只有乐趣，而无难度了。"

　　她一点化，我恍然开悟：怪不得自己对国学经典阅读虽有兴趣却难持久，全怪这个拦路虎呀！为此，我表态，要持之以恒，攻此高地。她先点了九节内容让我精读，简单谈了自己的阅读体会，激发我的阅读兴趣，然后约定次日上午到她办公室交流心得。

　　第二天，我如约来到安康市道教协会办公室，见她正在默写《道德经》。一张张斗方纸上，写着一段段方方正正、清清爽爽的《道德经》原文。我看了十来张，便冒出一个想法：如果办个以书写《道德经》为基本内容的专题书法展览，那该多好呀！她含笑问道："如果参观者看不懂，岂不是既浪费了书法，又浪费了《道德经》？"我点头称是，并指出：《道德经》作为中华优秀传统文化的经典，不能只是少数人来研读，而要加大阅读推广，搞好辅导、宣讲与学习、运用，并能通过编写注释本、解析本、普及本等方式，使其走出庙堂和学堂，成为大众读物。她微笑点头，又凝神望我："的确，是得大众化。但那得大平台，我们做不到，也尽不了力呀！"我想到自己办读书会的经历，便冒出一个念头：抓小众，带大众，进而走向公众，逐步团结广大群众！听到这儿，她说声"机缘巧合"，便笑道："我刚完成本月的二读《道德经》，对于弘扬优秀传统文化生出许多想法，正想请你相帮策划一下，看能否办个大活动呢。"

于是，我们端上茶杯走出会议室，坐在东药王殿道观的银杏树下，与几位来宾一块讨论《道德经》的阅读推广方法。有人说开座谈会，有人说办读书会，我想了片刻，建议由市道教协会牵头，东药王殿提供场所与服务，市图书馆和诗词学会协助，找几个人脉广、公益心强的文化人参与，开办一个学习《道德经》的讲堂。有人问："主讲请谁？"我说："主讲是刘会长，以本义阐释为主；再请两三个专家学者，从传统文化及文学、哲学、养生等社会意义方面做专题导读。"

听了这话，有人说刘会长业务繁忙、时间紧张，刘会长却斩钉截铁地说："弘扬优秀传统文化，做好《道德经》的阅读推广，是我们道教协会和我这个会长的本分、职责。你们办，我来讲！"

于是，我们数人齐心协助她，开始筹办"安康市《道德经》讲堂"。

在此期间，她出了两次差，到省城和北京出席陕西省道教协会、中国道教协会换届大会，光荣当选为省道教协会副会长、中国道教协会理事。消息传来，群情振奋，而她却说："既然肩上责任更大了，就更应当把《道德经》的学习、宣传抓好！"

从北京回来后，她连开几个会，学习传达、贯彻落实道教协会会议精神。半个月后，她率我们筹备组成员奔赴湖北武当山，就开办《道德经》讲堂一事，向中国道教协会新任会长、她的师父李光富先生汇报，征求他的意见，并去武当山道学院取经。

一个月后，"安康市《道德经》讲堂"在东药王殿开讲。她把《道德经》的 81 章内容分为 20 讲，头一讲 5 章，其余均为 4 章。形式为：领读、诵读、讲授、座谈交流、解疑释惑。讲法为：她先从本义上解读，安康学院教授孙鸿从文字、文化、文学意义上辅导，安康职业技术学院教授姚华从人生修养与养生角度做引申性导读。

时间为每周星期日上午 9 至 12 时；人员为会员与临时报名者；约读方法是每周三发布本周末约读信息供大家报名，额满为止。教学设施和教材都由道教协会提供，学员免费学习，中午还享受一顿免费午餐。

她第一次讲课就与众不同：不看原文，倒背如流；不拿讲义，侃侃而谈。而且事例丰富，通俗易懂，就连其中的历史掌故、时代背景都讲得一清二楚，且逻辑严密，环环紧扣。

课间休息时，市诗词学会副主席兼秘书长李波，以老友口吻开玩笑说："原来只知道你是个会长，今天才知道你有如此深厚的国学基础，但不知你是咋学的？"刘诚穷会长听了，笑而不答。

这段时间因参与教务而与刘会长亲密接触的青年女诗人陈春苗接话："你知道师父（指刘诚穷）是如何阅读《道德经》的吗？依我对她桌上摆放的读物、笔记来分析，那叫相关书籍配着读——左右打通，边读边写边思考——融会贯通！因为运用了如此这般的通读法，她才能在自学中读通，在讲学中讲通。"

哦，这就叫"通读"？我望了望陈春苗，又看了看刘会长，继而环顾大家，发现众人都望着刘会长。我确认，那眼神应叫"仰望"。

因为头一堂课就让人打心眼里佩服，所以《道德经》讲堂才能半年一期地接连举办，并有省内外各地道友前来考察学习。

上个周末，我正与团市委的朋友忙着筹办"我是讲书人"大赛活动，刘诚穷会长打来电话，说知道我周末不休息，在馆里干事情，就抽空到馆，给我送书。我问什么书，她说自己把"安康市《道德经》讲堂"学员的学习体会文章选编了一本书。我连声称好。从读书、讲书到编书、出书，刘诚穷会长把《道德经》做成了一道亮丽的文化景观，做成了安康名片。我自当叫好，定当称赞。

我即放下手上杂事，奔向大院门口，迎接刘会长及她所送的新书。

悦读乐业

　　先知道她是读者，后知道她是馆员。因为双重身份，唐承芹便在我的心中有了很重的分量。

　　两年前的一个周六，我到安康人周末读书会去做辅导报告，刚要落座，便看到了角落里的她。这个我二十年前就认识的女子，还是那么秀气，似乎岁月与她无关。初识时，她还是安康第二师范学校（现已并入安康职业技术学院）的学生，是个文学爱好者。后来，她留校了，结婚了，出书了，我们却没见过面——尽管她老公是职院的副院长，是我的好朋友。我只是从她的书中得知，她在做学问，而且钻得很深。

　　我几次向她望去，对她示意，她都在埋头做笔记。墙角，几个人坐的是塑料独凳，又没桌子，只能将本子放在膝盖上做笔记，且要将腿交叠才行。看她如此认真而又不便，我有意叫她挤到屋中间会议桌的桌边来，但考虑到自己早先定的"以来的先后为序，读者一律平等"的入席原则，就没好意思自破规矩。

中场休息时，我们不约而同地走拢，互致问候。此时，我方得知，她到这儿参加周末读书会已有大半年了，每次都写一篇体会文章，现已积累了 30 多篇。我当即来了兴趣，让她发来交流。

她很乐意让我阅读，但说要改改再发。一个月后，我便收到她发来的 12 篇文章。我梳理了一下，可以分为三类：其一是读书体会，其二是活动心得，其三是活动纪实。从体会文章看，她读书很细，一点一点咀嚼，品出什么味了就写出感悟，很有个性；从活动心得看，她是个耐心的倾听者，会静心听取每个人的交流分享，吸收后形成自己的养料，用以丰富和提升自己的认知；从活动纪实看，她是个有心人，把每次活动的精彩片段、逸闻趣事记录下来，让每一次约读过程成为自己心灵深处、书友之间的"悦读"美景。

因为体会文章具有很好的交流作用，对于各县区春潮般涌现的读书会具有一定的指导作用，我便选了几篇，交给本馆的"书香安康"微信公众号编辑，以书友分享的方式陆续推出。真没想到，阅读、点赞、转载率很高，不仅本市各县区图书馆、文化局、阅读团队的网媒爱转发，而且传到了省外。一日，安徽省宿州市图书馆的李大鹏馆长寄来馆刊，我见上边登有唐承芹的文章，惊奇地问他："她给你投稿了？"李大鹏大笑："我在你微信朋友圈发现的，还给你留了言，说要转发的，难道你没注意？"

因为引起了外省图书馆的重视，自然也就引起了她所在图书馆的重视。当其馆长带着她来，就如何开展阅读推广活动进行交流时，我才得知：她本为同行，是安康职业技术学院图书馆的馆员！

于是，我知道了她的另一种阅读分享：系列纪实作品《在图书馆的日子里》。

这是一种散记式的随笔，其中有记人叙事，也有书评。最有阅读快感的，当数阅读活动记事、读书体会散记。说其为"散记"，因为那都是随心所欲的思想火花，是零星的、发散的、未经修饰的毛坯。从篇章结构上看还不是严谨的文章，但生机勃发，鲜活灵动，读来很有味道。

从中，我不仅得知了她的阅读偏好，而且看到了她的励志情结。励志类的图书，她读得多，读得细，体会文章写得激情澎湃、扣人心弦。

于是，我与本馆的"王庭德书友会"负责人协商：能否在某一场励志报告中，请唐老师开个中小学生应当阅读的励志图书书目，并加上导读？

我还没有想好如何与她联系，她却主动找上门了。

2018 年 11 月 17 日，既是星期六，又是路遥逝世纪念日。所以，周末读书会安排的阅读书目为《平凡的世界》。我们于周三提前发出约读通知，在本馆的微信平台上刚推出十几分钟，就有数十人响应。

次日清晨，我一打开手机，就收到了唐承芹的短信，一连几条。她说她想来做个导读式的讲座，分享自己阅读《平凡的世界》的思考与体会。她说她为此想了半夜，终于确定这个主动请缨的行为不是"出风头"，才给我发的短信。她说她为此把讲于十年前、改于三年前的课件又看了两遍，直看到东方破晓，直看到以泪洗面。她说读书会的书友们太可爱了，那么无私地为自己分享了那么多，自己一定要去奉献一次、回报一次！

只可惜，那次读书会我因到北京开会而没能参加。但从当日的网媒消息、读书会的微信群、书友们图文并茂的分享中，我看到了当时气氛之热烈、效果之喜人。一位书友发了两段视频：头一段是中途，画面上是讲到泪流满面的唐承芹与流泪聆听的众书友；第二段是结尾场景，唐承芹鞠躬致谢，众书友鼓掌起立。看到这儿，我在心中为她点赞。

时隔不久，我在朋友圈翻出她的《在图书馆的日子里》，找到了其中记录讲解《平凡的世界》的那一篇，点了一个赞，留了一句言："如能公开出版，我愿义务协助整理稿件。"

又过不久，她当上了安康人周末读书会的副会长，分管阅读活动。我问朱焕之会长："推选唐老师当副会长，理由是什么？"朱会长脱口而出三个理由："一是她爱读书，会读书；二是她善分享，吸引人；三是她热心公益，影响力大！"哦，如此三条，足矣足矣。

她上任不久，我就从新闻报道中看到安康人周末读书会的阅读活动，由安康市图书馆开进了安康职业技术学院图书馆，读的是他们学校姚华教授的新书《茶道智慧》，并且有他们馆长热情洋溢的致辞，有姚华教授深入浅出的导读。

为此，我在外出采书的书库，给安康职业技术学院图书馆的馆长打电话致谢，馆长却要感谢我，说周末读书会进校园，是院地合作的良好开端，受到领导表扬，得到全馆称赞。聊着聊着，我们便聊到了唐承芹，聊到了馆员阅读问题。我们从唐承芹的实践中，得到一个共识：馆员阅读，不仅有益于提升个人修养，而且有利于发展图书馆事业。尤其在业务社会化、服务知识化的今天，要想推进图书馆业务向社会的广度、知识的深度科学发展，务必下大力气，培养一支爱读书、会读书且有内涵、敢担当的知识型馆员队伍。

或许正因为如此，一年之后，安康职业技术学院成立"知行读书会"，首批入会的师生有三百多人，唐承芹被推举为首任会长。

　　我受邀出席读书会成立仪式，并和院领导一道为正、副会长颁发聘书。当她笑容满面地走上主席台时，我恭恭敬敬地递上证书，十分郑重地喊了声："唐会长！"

快乐时光

她说她最快乐的时光是每个周六，这我坚信。

今天又是周六。她清早一起床就打开手机，查看昨天自己发的约读通知有哪些人回复。

作为安康人周末读书会的骨干成员，柴晓每个周六不仅按时参加读书会，而且积极转发约读信息，希望更多的人能看到、响应，能相约读书。

有一则留言问她到读书会来怎么读书。她担心自己发微信打字慢，就打电话过去，详细解释说："时间是每周六上午9点到11点，两个小时，既不影响咱们周末早上多睡一会，也不影响中午出去休闲娱乐或亲友聚会；书目的名称、简介，于每周三发在微信平台的约读通知中，供大家选择，有兴趣的就来；书源由图书馆解决，到场才发，集中阅读是为了导读、分享，个人阅读可以将书借回去使用；地点一般不变，在安康市图书馆的二楼会议室……"她还没说完，就被对方打断了："柴晓阿姨，您好热情哟！您别说了，我这就起床，今天一定去体验阅读的快乐！"

能用自己的努力发展来一个书友，她感到很有收获，心中像喝了老家的木瓜酒一样甘甜、爽快。

走进厨房，见侄女已经做好了早餐，她的心中立刻涌出一股甜丝丝的暖流。

侄女柴正芳，今年 19 岁，因为自幼患病，大脑发育不良，导致吐字不清，至今还是五六岁小孩的智商。加之四肢行动不便，上街走路都有困难，所以，她只在家门口的白河县茅坪镇勉强上到小学毕业，其实也只有小学二三年级的语文水平，其他功课等于白学。因此，小芳在家乡老遭他人白眼，在集镇也无伙伴玩耍，就爱上安康城来找姑姑玩。只因这个姑姑同情她、理解她、疼爱她，并能千方百计地帮助她。

上月初的周五，小芳又搭乘熟人的小车来了。周六早上，柴晓去参加安康人周末读书会活动，怕小芳一人在家孤单，就把她带进了读书会现场。没想到，小芳静静地坐在会场，听着听着就听进去了，读着读着就读进去了。活动结束时，小芳还不想走，柴晓把刚看的那本书替她借上，她兴奋地抱着书，咧开嘴，一个劲儿地呵呵笑。于是，柴晓就到图书馆一楼的服务台，替她办了个读者证。

有了这本书，小芳就在姑姑家待了一周、读了一周。

第二个周六，姑侄二人手拉手、肩并肩地走进读书会的现场。大家交流阅读体会，小芳也要分享。她写了300多字的读书体会，这是她一人用半个夜晚起草，修改六遍才写成的。她递给姑姑，示意请她替自己宣读。柴晓看到侄女的文章，泪水哗地一下子流了出来。她从没听说、更没见过侄女写东西，因而哽咽得无法阅读。当身边的一位书友接过去，替她朗读时，她趴在桌子上，边听边哭。她一边轻轻地哭着，一边用双手抓着小芳的双手，紧紧地抓着，似乎抓着一缕稍纵即逝的希望。

散会时，熟悉的书友都围上来恭贺她，夸她用爱心、用书香，在侄女身上书写了一个奇迹。她却奔到朱焕之会长的面前，握着朱会长的手，兴奋地说："我没有慧根，但我会跟。跟对了你们，我就成了读书人，成了有聪明智慧的人。今天，我侄女也因为读书会而开了慧眼，我很高兴！我想好了，今后，我们姑侄俩就是读书会的忠实志愿者！"

从此，小芳就住在她家，成了安康市图书馆的"专职读者"，平时由她抽空陪着来借还图书，每周六上午两人一块参加读书会。

其实，在她这个单亲家庭，女儿在外上班，家里就她一人生活。作为下岗女工，她虽然依靠个人努力实现了再就业，但每月两千多元的收入，除了房租、水电、物业和生活费，几乎就没有穿戴、装饰和人情往来经费，日子需要精打细算。如今添了个小芳，不仅多了一张嘴，而且多了一个成年姑娘的吃穿用度。所以，她不得不多打一份工，用于成就这个可爱女孩的阅读梦。

无论生活再紧张、打工再苦累、就业单位要求再严格，她都设法保证每个周六的阅读时光，雷打不动。

在生活、精神压力最严重的那几年，她是因了朋友的邀约，走进图书馆，坐在书香中，用阅读打开了慧眼、增强了自信。由此，图书馆成了她的精神天堂，书成了她人生的充电桩。回味这几年的幸福，她把第一声感谢送给读书。是呀！正因为读书，她才实现了精神解放、压力释放；正因为读书，她才有了战胜困难的信心和力量，才有了走出困境的自信和希望，才有了单位的尊重和社会的美誉，才有了精神的充实和生活的乐趣！

她刚坐到餐桌前吃饭，朱焕之会长的电话来了，说今天读书会活动结束后，请她留下来，开一个小时的会。

她问："需要会场服务？"

朱会长笑着说："不是让你服务，而是请你参与选举。安康人周末读书会运行三年来，人事变化很大，所以得重新选举正、副会长，正、副秘书长，推举和任命各部门正、副部长。关于副秘书长人选，大家认为，你勤于服务、精于事务、热心公益、乐于助人，具有强烈的求知欲望和良好的群众基础，所以，大家一致推举你……"

朱会长还说了些什么，她几乎没有听清，大脑里嗡嗡嗡地响着"副秘书长"几个字。

过去，这个名词是多么高不可攀呀！如今，怎么就属于自己了呢？

想了半晌，还是想不明白。不想了！她一头冲进卫生间，痛痛快快地让泪水流淌了两分钟，才用冷水擦了一把脸，长长地舒了一口气，便开始化妆。

小芳过来喊她吃饭，见她正在化妆，便疑惑地望着她。柴晓郑重其事地说："既然大家这么信任我、尊重我，我一定要尊重大家，对得起大家！"

小芳不明白她说这话的含义，但从她的神情中看到了自信的光彩、自尊的色彩，便认认真真地点了一个赞。

刚到 8 点，她和小芳已收拾整齐，相携出门。

走了两分钟，手机响了。听到叫"妈"声，她便问："是小丽丽还是小莉子？"对方哈哈一笑，她也笑了。

"柴妈，我想您了！正好今天休假，就来看您。您好像不在家？"

小丽和小莉，都是她原来在亿佳酒店当保管兼宿管时交的小朋友。当时，七八个山区女孩，初中毕业就来打工，好多事都不懂，经常自称"人生迷茫"。柴晓既帮她们借书看，给她们讲人生感悟，又帮她们建立读书会，在共同学习中成长进步。因而，她由"柴师傅"转身成为"柴阿姨"，后来被这些曾经瞧不起她的人尊为"柴老师"和"柴妈妈"。

如今，相处过的小同事从安康城散开，分布于神州大地的四面八方。经常对她以"妈妈"相称的小朋友，与时俱增，现已超过 20 个。对于那些走远的，她用两种方式关心阅读：一是分享自己的读书体会，增强交流；二是在微信群里做话题讨论，互相激励、相互监督。对于身边的，她看望、送书，以"送阅读"的方式，用自己的务实搭建起阅读的桥梁。

如今，她到四季酒店当了后勤总管，小丽也去附近酒店当了大堂经理。但她却主动兼任宿管，因为，小朋友们的阅读学习离不开她，她和小朋友们一道，把宿舍办成了图书馆。

小莉也到另一酒店，当了客房部经理。这些小朋友，都把成长的秘籍归于读书，把"柴妈"视为生命中的贵人。

手机里又传来一声"柴妈"，她断定是小莉，便说："你自己开门，自己玩吧，咱们中午见！这会儿，我要到图书馆去，参加读书会。"

小莉惊叹："咋去这么早？不足十分钟的路程，你咋要走这么早？"

她说："有事，有些事务，还有……喜事！"

她实在抑制不住激动的心情，便对着小莉这个"开心果"，嘻嘻嘻地笑出了声。

小莉也不问，说声她也去，就匆匆挂了电话。

不一会儿，三人会合了。柴晓左手拉着侄女，右手拉着干女儿，三个人说说笑笑、兴高采烈地朝图书馆走去。

老人们的小人书

这是一座坐落在秦岭深处的书香四溢的敬老院。然而，当看到一个个老人争抢着一本本小人书时，我十分不解地问了一连串的为什么。

同行的宁陕县图书馆馆长刘晓慧反问我："是问我们为什么要送小人书给老人看吗？"

筒车湾镇的女副镇长章玉婷反问我："是问这个阅览桌上为啥只有小人书吗？"

敬老院的图书管理员小梅反问我："是问他们为啥要看小人书吗？"

还是老"院民"周大爷回答干脆，一语破题："不为别的嘛，只为咱这些老年人需要看嘛！"

这个区域性敬老院服务周边三个乡镇，收养"院民"过百人。为了丰富"院民"的文化生活，镇政府帮助敬老院办起文化室、图书室、娱乐室和小球场、小舞台，每天都有不同形式的文化活动。县图书馆主动送书下乡，在这里设立分馆，配备了两千多册图书、二十多种报刊，还有电子阅读资源，定期按需更换。

可是，前几次刘馆长带人来更换图书时，总听到周大爷等人在说风凉话："你们这书，没啥用，没人看，看也不当饭，看了还心烦！"

刘馆长以为所配图书不对路，就向几个正在看书的老人征求意见。大家说："好着哩，你送来的书和报刊，都是我们填报的、需要的。"

后两次，她经过仔细观察，终于明白：周大爷不识字，看不了书。

于是，刘馆长就选了老人爱听的《女娲补天》《董永行孝》等民间故事，和同伴分别读给他听，老人听了半天，高兴得呵呵直笑。

这一下，"送阅读、听故事"，成了"院民"的首选。因为，这里有四成老人是文盲。

然而，他们的阅读需求和识字人一样强烈，光听不行，还想看，而且希望看的时间比听的时间长。

又一次试验，解决了文盲们的阅读问题。这就是：翻阅小人书！

周大爷高兴了："这才好嘛，一看就懂，懂了能记，记了能聊，美着咧！"

于是，给老年人送小人书，成了宁陕县图书馆的一个服务创新项目。

我们正聊着"小人书，大服务"这个话题时，周大爷拿着一本《闪闪的红星》，凑到刘馆长身边，兴奋地大声喊着："找到了哇！你们咋个找的，咋个给我找到的呢？"

刘馆长微笑着介绍："起初很难，我们在县城找了书店找学校，又到乡镇和农家书屋找，还到喜欢藏书的私人家里找，找了四五个月都没找到。再后来就向外馆找，向书商找，还委托书商向出版社找，找了两个多月也没找到。这本书呀，简直愁坏人！嘿，说容易也容易，上周大家议论这事时，说要满足每一位读者的个性化需求，实在太难了！我顺口提了一句查下旧书网如何？我们小刘当下上网，立马查到了。你看看，大半年都觅而无踪，得来全不费功夫！"

众人哈哈大笑，周大爷却不笑，他板着面孔，一本正经地说："谁说不费功夫，咋不费？为了我这一点小小的请求，你们劳了大神，费了大力！我……我……我给你们鞠个躬！"

老人说着就立正，弯腰。刘馆长立马上去，扶着他说："使不得，使不得，您老人家这样做就折了我的寿了！只要您爱看，喜欢读，这就对了，我们就知足了！"

"好好好，我读！"老人打开书，边翻边说，"我读，读给你们听！"

周大爷翻着翻着，翻到了潘东子站在竹排头，迎着朝阳，指点江山的那幅图画，兴冲冲地展给我们看一下，又冲刘大爷等人展一展，然后，稳稳地站到屋子中央，脆脆地清了清嗓子，才打着手势，开了腔："我不仅要读，而且要唱！今天，为了报答图书馆的送阅读之情，我就唱这本书里最好听的那首歌儿。哈哈，什么歌儿呢？就是我年轻时电影演到哪儿就追到哪儿去看，返回时一唱几面山、一唱大半夜的那首歌儿！"

看着屋子里的人围满了，周大爷挺挺胸膛、清清嗓子，放声唱开：

小小竹排江中游

巍巍青山两岸走……

七八个老汉、老太婆，咧着嘴，露着不太整齐的牙齿，打着拍子，边笑边听，边听边和，不一会儿就形成了大合唱：

红星闪闪亮，

照我去战斗。

革命代代如潮涌，

前赴后继跟党走……

一本小人书，在老人们的手中传递着。

一首流行了半个世纪的老歌，在秦岭深处的群山之间回荡着。

惠爷说书

将他称作惠爷，只因为他不是我父亲的亲生父亲，仅仅是我奶奶丧偶后改嫁的男人。

这男人一字不识，却是说书的高人，你相信吗?

不信，请你拿一本《水浒传》来，坐在他面前，边听他说，边查对内容，看他说得如何。

当然，说书不是背书，不能原文照搬，而是依其原意，根据听众需求和自己习惯的语言、语调、语气去即兴演说。比如，一场"武松打虎"，若是说给儿童听，你不仅可用儿童爱听的童音，而且可以把成人语言变成儿童语言，通俗易懂地讲给他们以及他们的父母听。

惠爷的功夫，在于语言丰富，他能用大量的方言、土语去演绎名著。因其用得恰到好处，你不仅有种身临其境的生动感觉，而且绝不会怀疑他所说的历史事件就发生在咱的身边、这些历史人物就闹腾在咱的生活之中。

当他讲到"智取生辰纲"时，手比画着喝酒的动作，高扬着光头，微闭着双眼，山羊胡子一翘一翘地慢声说道："这贼拐贼拐的店家呀，烤的就是咱们这种拐枣酒嘛。看到要招待的客人多，就接得时间长、水分多，酒尾子嘛，味道寡淡的。品一口，不咋样，就灌一大口。嗯，能解馋，还解渴，就大口喝吧。哦嗬，一大碗酒，咕咚几口就完蛋了。来，老板娘，再给表哥来一碗！老板娘媚眼一挤，来了一碗。他就死眼盯秤一样盯着老板娘眼窝里的那一汪春水，三口便是一大碗……嘿呀呀，一人三大碗，三碗不过冈！"

他年轻时当过兵，打过仗，回来又当了镇上运输队的马夫，经常在寂寞的山路上打猎。因而，他具有一些军旅经验、打斗功夫，一讲开武戏故事便善用肢体语言，常让听众把他当成了主人公。

当他讲到"景阳冈武松打虎"时，自己成了武松，板凳成了老虎。只见他讲着讲着，一头蹦起来，蹦到板凳上，双脚啪地一下落在板凳尾。眼见无人的那头猛然翘起，人将倒地，他的双手啪啪落下，左手拍打两下，压住板凳，将其压落着地；右手猛击一掌，便五指为刀，指着板凳头部，双目圆睁，声若洪钟："瞎屄老虎，好你个东西！你吃了豹子胆呀，胆敢犯我！伙计们，该不该打？"场子里，喊打声、鼓掌声轰然响起。

他身材修长，眉清目秀，瘦臂长手，天生的男扮女装坯子，又是一脸的书生气，便时常既演男又演女，甚至男女双角一身兼，神形兼备时，竟有男人上来摸他的脸、捏他的手。

当他讲到潘金莲与西门庆偷情时，轻轻地扭摆着"水蛇腰"，缓缓地伸展出"兰花指"，款款地迈动着"莲花步"，眼睛一眨一眨、嘴唇一鼓一鼓地上到场子中央，先是扭过半边身子指着桌子说："哥哥，我亲亲的哥哥！你一来，就有好吃的。你看这：红艳艳儿的爆炒腊肉片片儿，脆生生儿的醋熘白菜板板儿，绿油油儿的凉拌芹菜秆秆儿……哟哟呀哟，说不成了，说得我小嘴儿要流水水儿了！"撒了个娇，他又侧过身子扬起脸，声音更柔更颤地指着脸蛋说，"亲亲的哥哥，你莫急去吃菜，你看这儿，不擦胭脂也粉扑扑儿的，不打粉来也白乎乎儿的……"正当场子鸦雀无声，个个入迷时，他忽然身子一抖，亮出男儿声色，"各位看官，这叫我先吃哪个才是好呢？"场子里呼叫声、口哨声哗啦啦响起，一片哄然。

如此生动的说书，让他在 20 世纪 50 年代至 70 年代间闻名乡里，成了很早的"文化志愿者"。因而，惠爷说书，给那个年代的山乡生活带来了快乐，给他的乡亲们带来了文化享受。

然而，十有八九的听众都不知道，惠爷不识字，是个文盲。

那么，一个文盲怎么去读四大名著，去读红色经典，去读革命样板戏的剧本呢？

惠爷为人豪爽，交友广泛，眼界开阔，自有办法。

他从小记性好，又爱听人说书、讲故事，听一遍便能记住八九成。从部队回来后，他常把在队伍上听人讲的故事讲给乡亲们听，听得大伙一夜一夜乐到天亮，乐不思家。忽一日，他想到在部队驻地常去一个茶馆听人说书，就萌生了给乡亲们说书的想法。可是，他那时听得最美的是四大名著，而每一部都是人物众多、情节曲折、故事复杂，他实在是理不清、说不成。

于是，他趁着赶马车进城拉货的机会，毫不犹豫地掏出自己的血汗钱，买了本《三国演义》。可是，厚厚一本书，自己一字不识，有何用呢？走南闯北、见多识广的惠爷自有办法。他买了一包花生米、一瓶白干酒，回到货栈，拉上同行的运输队文书进了客房，每人半碗酒下肚后，他朝床上一躺，举起书说："表叔喝醉了，读不成了，请你把第一到第十回给我念一下。"

就这样，今天在城里，明天在镇上，今天求这个，明天请那个，一年还不到，他便间接地"阅读"了四大名著。

那些年，为了读书和说书，从县城到镇上到村里，凡是有文化的人，不管高中、小学，不论干部、农民，他都毕恭毕敬地尊重着。

一天，他赶马车上一面坡，由于坡陡、货重，老马拉不动，他就到前边去抓住绳子负在背上，面朝黄土背朝天地拉车。实在累了，他伸了个懒腰，在抬头喘歇之间，发现前边有人。他几步跨了上去，见是杨庄村的杨会计，就招呼一声"上街呀"，转身走了。晚上，他怀揣两本《红灯记》连环画，来到杨会计家，一本送给杨会计的小儿子，一本递给杨会计，请他给自己念。杨会计念一遍，他试讲一遍，三个轮回下来，他上场说书，把杨会计一家听得乐了半夜。自此，他和杨会计成了至交，光在杨会计那读的连环画故事书就达 19 本。当然，杨会计的孩子们，自此也成了爱书之人，杨会计的家庭由此也成了"书香之家"。

惠爷病逝前还想读书。可是，当村办小学的柳老师半夜赶来，给他读他最爱的《红楼梦》时，他已病到连最大的朗读声都听不清了。停了一会，他挣扎着，伸出了瘦长瘦长的左手，展开了皮包骨头的五指。儿女们问他要啥，他不予理睬。奶奶知道，他是要说书了。于是，垫起两床被子，将他扶起，靠着，又在他床前布置了桌子、茶壶和茶碗，还让大伙安安静静地坐在板凳上、椅子上。奶奶用竹筷子在陶瓷碗口上当当当地敲一阵，惠爷奇迹般地听清了，他微微睁开双眼，缓缓伸开左手，平平地招了招，算是和众人打了招呼。然后，他眯上双眼，打着手势，开始无声地说书。奶奶看懂了，说的是《红楼梦》，是"黛玉葬花"。柳老师赶紧打开书，站到床边，但他并没读书，而是对着惠爷的右耳，学着惠爷曾经的神态，大声说起书来。惠爷的神情，演绎着书中的情节。不一会儿，他就闭上双目，神情安详地在说书声中走了。

惠爷的"惠"，依当地方言，读"戏"而不读"会"。所以，每次想到惠爷，我就想到"演戏"和"不会"两个词，这是惠爷生命中的两个关键词。他闻名乡间的口碑，是读书多、说书好。但是，读书，他不会；说书，他说得美如演戏。惠爷说书，一人就是一出戏，生旦净末丑集于一身，难也，乐也，皆因爱也。